異世界召喚されたら無能と言われ追い出されました。

この世界は俺にとってイージーモードでした

ISEKAISYOKAN SARETARA MUNOU TO IWARE OIDASAREMASHITA.

5

WING

Illustration クロサワテツ

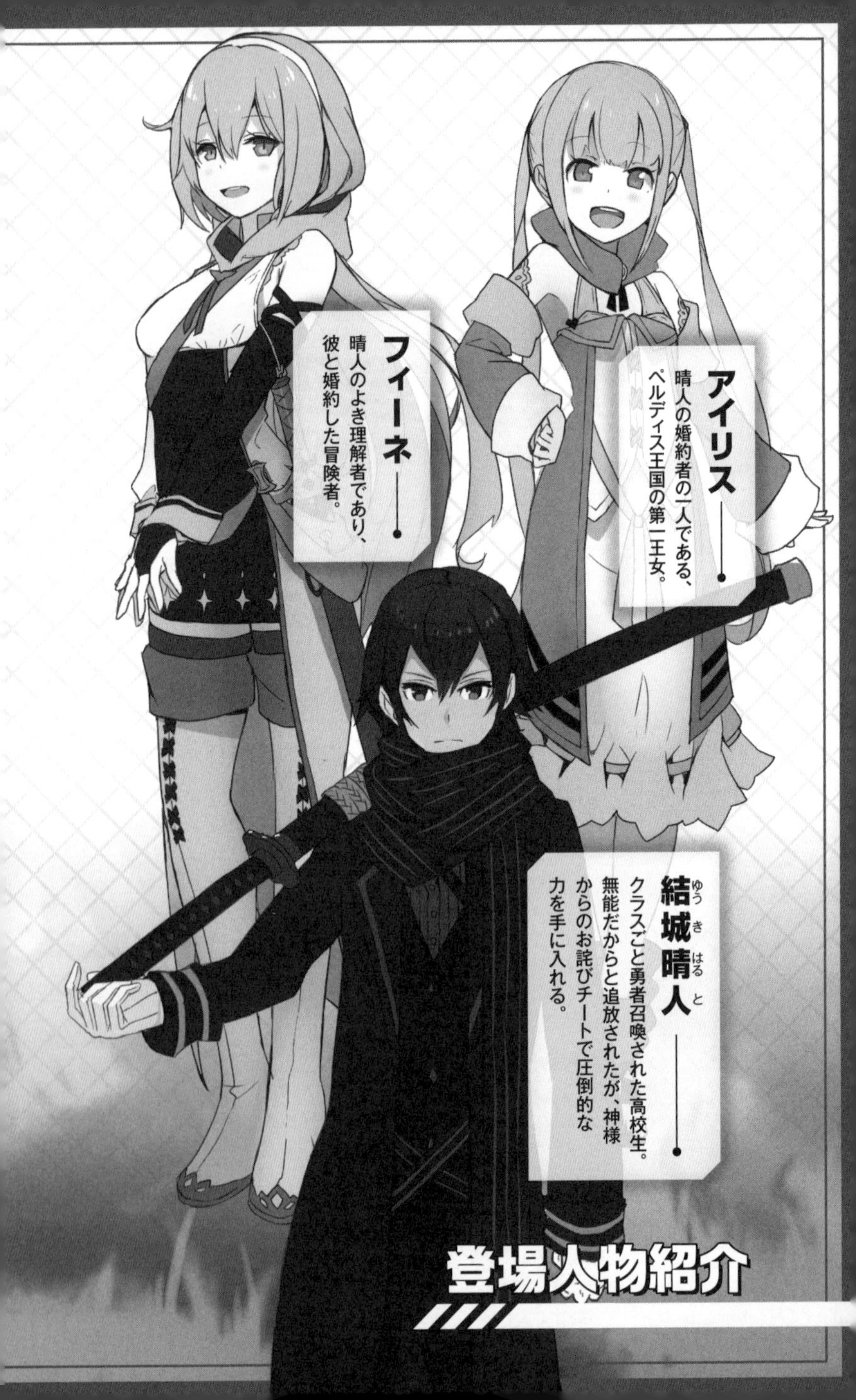
登場人物紹介
アイリス
晴人の婚約者の一人である、ペルディス王国の第一王女。
結《ゆう》城《き》晴《はる》人《と》
クラスごと勇者召喚された高校生。無能だからと追放されたが、神様からのお詫びチートで圧倒的な力を手に入れる。
フィーネ
晴人のよき理解者であり、彼と婚約した冒険者。

クゼル
グリセント王国騎士団
元副団長の、Aランク冒険者。
ゼロ・カラミラース
レベル300を誇る強大な黒龍。
晴人に破れ、忠誠を誓う。
アーシャ
アイリスに付き従う、
彼女の友人兼メイド。
イルミナ
ベリフェール神聖国教皇の娘。
聖女と呼ばれている。

第1話　ベリフェールまでの旅路

俺――結城晴人《ゆうきはると》は、ある日突然、クラス丸ごと異世界に勇者として召喚《しょうかん》された高校生。

だが俺には『勇者』の称号がなく、無能と言われ追い出され、しかも召喚主であるグリセント王国の連中に殺されかける。

そこで神を名乗る人物と出会った俺は、チートなスキルの数々を手に入れ、ペルディス王国で冒険者としての活動を始める。

やがて前人未踏の冒険者ランクの最高峰、EXランクとなった俺は、冒険者や、グリセントに里を襲われたエルフと共に、グリセント王国への復讐《ふくしゅう》を果たす。

その後、グリセントの内政を立て直したり、俺以外の勇者たちを鍛えるためにナルガディア迷宮に送り込んだり、その迷宮のボスであるドラゴンを仲間にしたり、果てはペルディス王国で自分の商会を立ち上げたり……俺は異世界の生活を満喫していた。

そんな俺の次の目的地は、闘技大会が行なわれるというガルジオ帝国。その闘技大会で、仲間たちの力試しをしようと思っているのだ。

道中、ベリフェール神聖国という国を通るらしいということで、せっかくなので立ち寄ることにしたのだった。

今回の旅のメンバーは俺を含めて八名。

まずは冒険者で俺の婚約者のフィーネ。そして、ペルディス王国の王女で同じく俺の婚約者であるアイリスと、そのお付きのアーシャ。それから、俺と一緒にこの世界に召喚された勇者の一人で婚約者でもある鈴乃《すずの》、元エルフの里のお姫様であるエフィル、グリセントで騎士をしていたクゼル、ナルガディア迷宮ボスのドラゴンだったが人化して俺についてくることになったゼロ。

目的地であるベリフェール神聖国の首都である神都《しんと》までは、俺たちがいたペルディス王国の王都から、馬車で二週間。

ちょうど中間あたり、だいたい一週間の距離に国境がある。

元の世界の感覚だと長い旅に思えるが、この世界の住民にとっては、この程度の移動は短い部類に入る。かくいう俺も、この世界の感覚にはかなり慣れてきたのでそこまで大変とは感じない。

旅の途中、魔物や盗賊が現れることもあったが、魔物は皆が率先して倒してくれたし、盗賊も近付く前にゼロが積極的に出張ってくれた。

ちなみに盗賊は、討伐の際に戦利品を手に入れられることが多く、思わぬ臨時収入にもなっていた。

そんなわけで俺としては旅の途中はけっこう暇で、割と長時間、荷馬車の幌《ほろ》の上で昼寝をして過ごしていた。たまにクゼルが組手をしたいというので、馬車に備えられた扉の先にある亜空間——俺が作り出した、皆が普段過ごしているもう一つの世界で、相手をしてやることもあった。

街道沿いの国境地点には検問もあったが、ペルディス王国の紋章入りの短剣と、俺のＥＸランクの冒険者カードを提示すれば、あっさりと通ることができた。

ベリフェール神聖国へと入ると、街道は綺麗《きれい》に整備されている。

時折、ペルディス王国へと向かうであろう商人や冒険者らしき馬車とすれ違いつつ、平和な旅路となっていた。

ベリフェール神聖国に入って旅を続けていたある日、俺はとあることを皆に尋ねてみた。

「国境を越えてから、魔物の出現がかなり減ってるんだけど、何か知ってる人はいるか？」

俺の質問に、アイリスが答えてくれる。

「それは、神都の聖騎士たちが定期的に魔物を駆除しているからね。商人たちが行き来しやすいようにっていう、昔からの配慮なのよ」

「へえ、民のことをちゃんと考えているんだな」

「そうね、それができるだけの国力もあるわ。だからこれから向かう神都も含めて、ベリフェール神聖国全体が、経済的に発展していて食料なんかも豊かなのよ」

確かに魔物や盗賊などが減れば、商人が集まりやすくなるだろうな。

そこでふと、あることを思い出してアーシャに尋ねてみる。

「アーシャ。すれ違う冒険者の数が少ない気がするんだが、神都にも冒険者ギルドはあるだろ？」

「ありますね。姫様が仰《おっしゃ》っていた通り、聖騎士が魔物の駆除をしているのですが、冒険者ギルドも街道周辺にいる魔物の駆除をしているのです。流石に、聖騎士だけでは手が回りませんからね」

アーシャの言う通りだな。

でも、一つだけ気になることがある。

「強力な魔物が出た場合はどうするんだ？」

「この国にはSランク冒険者がいませんので、皆で対処してますね」

「いないのか」

「はい」

もし現れたらおしまいだろうな……まあ、定期的に間引いていれば、そこまで強い魔物が出ることはないんだろうけど。

そんなことを思いながら、俺が再び幌の上に登ろうとすると、背中に向けられる視線を感じた。

そちらを振り向くと、フィーネが呆《あき》れた表情を浮かべている。

「また昼寝ですか……？」

「ああ、こうも天気がいいと眠くなる。昼食も食べたんだ。フィーネこそ眠くならないのか？」

「まあ、少しは……」

そう言って俺からすっと目を逸らすフィーネ。

どうやらフィーネも眠いようだ。

「一緒に寝るか？　上は風が当たって心地いいぞ？」

俺の言葉にフィーネが迷う様子を見せるが、アーシャが気を遣ってくれた。

「フィーネさん、御者《ぎょしゃ》は任せてください」

「ありがとうございます、アーシャさん。で、ではお言葉に甘えて……」

フィーネは少し恥ずかしそうに、俺と一緒に幌の上に登る。

幌は魔法でしっかり強化してあるので、人が二人乗ったくらいでは破れない。

というか、よほど強化された矢とかでもない限り、貫通することは決してない。

二人で寝転び、ガタゴトと揺られる馬車に身を任せていると、フィーネが不意に呟《つぶや》いた。

「気持ちいいです……」

「こんなに晴れて暖かくて、心地よい風。こういう日は外で寝るに限るよ」

「ハルトさんがずっとここで昼寝してた理由がわかりました」

そんなことを話しているうちに、俺とフィーネはいつの間にか寝てしまっていたようだ。

しばらくして俺が目を覚ますと、空が茜色《あかねいろ》に染まっていた。

右隣では、フィーネが気持ちよさそうに寝息を立てている。

そこで俺は違和感に気が付いた。

左隣でも、誰かが寝ているのだ。

視線を向けると、フィーネと同様に気持ちよさそうに寝ている鈴乃の姿が。

どうやら俺とフィーネが寝ているのに気が付いて、いつの間にか登ってきていたようだ。

二人を起こしつつ、俺は下に降りてから、皆と一緒に野営できそうな場所を探すのだった。


ベリフェール神聖国の神都まで、あと数日というところまでやってきた。

休憩中、俺は馬車を引いてくれている愛馬のマグロに、餌《えさ》の果物をあげていた。

「マグロ《相棒》。もう少しだから頑張ってくれよ」

「ヒヒィーン！」

本日もマグロは絶好調のようだ。

すると、フィーネがやってきた。

「ハルトさん、ここまで来ましたが、神都で何をするのか具体的に決めているんですか？」

「うーん……主に観光かな。あとは名物の料理があればそれを食べるくらいか」

俺はフィーネの質問にそう答えた。

なにせ、当面の目的はガルジオ帝国の闘技大会であって、神都はあくまでも観光目的だからな。

「アイリスちゃん。ベリフェール神聖国ってどんな国なの？」

鈴乃が質問をした。

俺もあまり詳しくなく、神を崇拝する宗教を主体とした国家という話を、ペルディス国王のディランさんから聞いたくらいだから気になる。

質問されたアイリスは、顎《あご》に人差し指を当てながら説明する。

「んー、そうね……獣人などの種族差別は存在しないわね……まあ、ペルティスも種族差別はないし、そこは変わらないわね」

「へぇ～なんか好感が持てるな」

俺の相槌《あいづち》を受けてアイリスは続ける。

「それと、ベリフェールは奴隷が少ないの。むしろ奴隷はダメと言ってるくらいよ」

「でも、いるにはいるのか」

「多少はね。それでも犯罪奴隷だけで、神都を綺麗に保つのに貢献《こうけん》しているそうよ」

「なるほど。清掃要員って感じか」

「そんなところね」

俺は話題を変え、眠たそうにしているエフィルに尋ねた。

「エフィル。眠いところ悪いが、エイガンとは連絡を取っているのか？」

エイガンはグリセントに残してきたエルフで、グリセントの王妃や王女を監視してくれている。

質問されたエフィルはウトウトしながらも答えてくれた。

「はい。エイガンとは手紙でやり取りしています」

「よかった。それでグリセントは大丈夫そうか？」

「大臣と勇者たちがうまくやってくれているようですよ」

「ならよかった。アイツらに任せておけば安心だ。次会うのは魔王討伐の時だろうからな」

「魔王を討伐するのか⁉」

クゼルが俺の「魔王討伐」という言葉に、目を見開いた。

「い、いきなりどうしたんだクゼル」

「いや、すまない。ただ気になっただけだ」

前からけっこうこの話してると思うんだけどな、どうしたんだろうか。

魔王なぁ～。魔王が何を企んでるか知らないが、各国の思惑とかもあるだろうから、どうなるかはまだわからないな。

「必要なら倒すだけだよ。だけどそれは俺の役目じゃなくて、勇者の役目だろうな。まぁ、おそらく俺も行くことになるだろうけど」

あいつらについてきてくれと頼まれる可能性も高いし、頼まれなくても行くと思うけどな。

クゼルは「そうか」と頷《うなず》いたが、その表情はどこか浮かない感じだ。

「で、本当はなんで気になったんだ？」

「一度でいいから戦ってみたい！」

「またそれかよ……」

思わずツッコミを入れてしまった。

ダメだこりゃ……

皆はそんな相変わらずなクゼルの言葉に笑う。

「なんで笑うんだ!!」

怒るクゼルに、アイリスが言い訳するように答えた。

「だって……ふふっ、魔王と戦いたいって、クゼルは変わらないのね、ふふっ」

「姫様、失礼ですよ！」

アーシャが咎《とが》めるが、アイリスは笑いながら答える。

「いや、だって……ねぇ？　アーシャだって笑ってたじゃない」

「その、気持ちはわかりますが……」

そう、アーシャも笑っていたのだ。

そんな二人の会話にクゼルはプルプルと震え――

「笑うなぁぁぁぁあ！」

そう叫ぶのだった。

その横で、ずっと本を片手に読んでいたゼロが俺に尋ねてきた。

「ハルト様。首都での滞在はどれくらいでしょうか？」

「んー、一週間くらいを予定しているつもりだ」

「そうですか。少しばかり本を買っても？」

「いいけど、気になる本でもあるのか？」

「ありがとうございます。長く迷宮におりましたので、この時代の知識を蓄えようかと。どの時代でも情報というのは一番大切ですので」

ここ最近、ゼロは読書をするようになっていた。本人も言う通り、情報収集が主な目的のようだが、普通に本好きみたいだ。

もし日本の漫画を読ませたらハマるのだろうか？　なんて疑問も浮かぶが、読ませる方法もないし、実際にどうかはわからないよな。

「ま、神都では何もトラブルが起きなければいいなぁ」

俺がそう呟くと、ゼロを除いて一同が固まった。

そして油を差し忘れた機械のごとく、ギギギッと首を動かしてこちらを見つめる。

「な、なんだよ……？」

俺の戸惑いながらの問いかけに答えたのは、鈴乃だった。

「晴人くん、自分でそれ言っちゃう？　ねぇ、言っちゃう？」

「……」

「綺麗なフラグが建設されたよ？」

鈴乃の追撃にアイリスも続く。

「ハルトがどこかに行って何も起きないわけがないものね。ねっ、アーシャにエフィル」

「姫様の言う通りですね」

「そうですね。アイリスやアーシャの言う通りです」

「………」

同時にクゼルもうんうんと頷いていた。

俺はフォローしてくれるだろうと、期待を込めた眼差しをフィーネに向けるも……

「その通り過ぎて何も言えないですよ。これは向こうに着いたら何かありそうですね」

「……………」

俺は完全にトラブルメーカー扱いのようだった。

悲しくなり視界がボヤける。

「あれ……目に汗が入ったのかな?」

「「それは涙よ（です）！」」

ゼロ以外の全員にツッコミを入れられた。

グスッ……俺、悲しいよ……

それから数日後、無事、俺たちは神都に到着した。

「白いな……」

それが俺の、遠くから街を見た第一印象だった。

「白いですね」

「白い……」

「本当に白い」

フィーネとエフィル、鈴乃も、俺に同意するように呟く。

言葉の通り、神都全体どこを見ても真っ白なのだ。

所々に茶色などの建物があるものの、基本的には白い建物が多く、綺麗な街並みであった。

「私は来たことがあるから知ってるわ」

「私も姫様の付き添いで以前来ました」

「私は軍の遠征だ」

アイリスとアーシャ、クゼルは来たことがあったらしい。ゼロは「綺麗ですね」と言ってそれきりで、また読書に戻ってしまった。

「アイリス。あの街の中央にある宮殿、というか聖堂みたいのはなんだ?」

「あれはベリフェール大聖堂ね」

城や宮殿とも言えるような建造物。元の世界のイタリアにあった、ミラノ大聖堂みたいな外観だ。その何倍も大きいけど。

建築とかに詳しくない俺でも、とても美しいと思う。

「あれが大聖堂か。迫力があるな」

「初めて見た人は皆そう言うわね」

「そうですね。私も初めて見た時は驚きましたから」

アイリスとアーシャはそう言い、クゼルも同意するように頷いていた。

神都を囲う外壁の前に辿《たど》り着《つ》いた俺たちは、検問を受けるために列に並ぶ。

アイリスは姫の立場で入国すると色々と面倒なことになりそうだったので、冒険者ということで入ることにし、アーシャもアイリスの呼び方を『姫様』から『アイリス様』へと変更した。

順番が回ってきた時、検問の担当者は、俺の冒険者ランクやエルフがいることに驚いた様子だったが、特に問題なく通してくれた。

こうして俺たちは、神都に足を踏み入れたのだった。

第2話　神都観光！

神都に到着した俺たちは、まず滞在先の宿を探すことにした。

といっても、どんな宿がいいか、特に情報はない。

こんな時には冒険者ギルドが役に立つ。職員ならいい宿を知っているはずだから、そこでおすすめの宿を教えてもらうことにしよう。

歩いている人に冒険者ギルドの場所を尋ねつつ、まっすぐに向かう。

神都の冒険者ギルドは、ペルディスの王都のものに比べると少し小さいが、街の景観に合わせて白が基調になった立派な建物だった。

「さて、入ろう」

「ですね」

中はそこそこの人で賑《にぎ》わっており、受付のカウンターは忙しそうだった。

とりあえず併設されている食堂で昼食をとることにした俺たちは、水を持ってきた店員におすすめメニューを尋ねてみる。

「オススメはある？」

「ありますよ。この白身魚の煮付けですね」

「じゃあそれをよろしく。皆はどうする？」

俺が尋ねると、皆同じものでいいと頷いた。

「悪いが人数分頼む」

「わかりました。少々お待ちください！」

「あ、そうだ。もう一ついいか？」

厨房《ちゅうぼう》の方に戻ろうとしていた店員が、振り返りこちらを見る。

宿を聞くという目的をすっかり忘れていた。

「いかがなさいました？」

「宿を探してるんだが、オススメの宿はある？」

「そうですね、『シラカバ』という宿がオススメです。私の幼馴染《おさななじみ》がやってるところなんですよ。料理も美味しいですよ」

「ならそこにするよ。助かった」

「いえいえ、私も友人の宿をオススメできて嬉《うれ》しいので、お気になさらず」

店員はそう言って、厨房へと注文を伝えに向かった。

料理を待っている間、俺たちは滞在中のスケジュールを話し合う。

「誰か、行きたい場所とかあるか？」

まずはそう尋ねると、エフィルが手を挙げた。

「はい。大聖堂に行ってみたいです！」

大聖堂か、エフィルが言い出さなくても行っていただろう。そもそも目的は観光だから、あんな大きな建物、逃すわけがない。

「俺も行きたかったからな、早めに行くことにしよう。他にはあるか？」

「それなら」

今度はアーシャだ。アーシャがこういう時に積極的に手を挙げるとは珍しい。

「あの、行きたいところというか、大聖堂に行くのでしたらお祈りをしたいのですが……」

「そんなことか」

「やはりダメ、ですよね」

落ち込み、シュンとするアーシャ。

そんなアーシャを見て慌てて訂正する。

「違う違う！　俺もアーシャと一緒に祈るかな」

「は、はい！」

花を咲かせるように笑顔になるアーシャ。

若干頬《ほお》が赤く染まっているのは気のせいだろうか？

そんなアーシャを見て、フィーネにアイリス、エフィル、鈴乃がボソッと呟く。

「恐ろしいですね……」

「アーシャ……」

「また、増えるの……？」

「晴人くん……この先が心配だよ……」

なんか視線が物凄《ものすご》く冷たいんだけど！

「え、えーっと、他に誰かあるか？」

話題を逸らしつつそんなことを話すうちに料理が来たので、食べながら今後の予定を決める。

「……さて、とりあえず宿に行って受付だけは済ませるか」

食べ終わったところで、さっきの店員から道を聞いて、『シラカバ』という宿に向かうことにした。

特に迷うことなく宿は見つかり、部屋を取って馬車を預けた俺たちは、早速大聖堂に向かうことにした。

ただ、ゼロは魔物だけあって大聖堂には全く興味がないようで、本を買いに行きたいと言い出した。

「では、私もゼロに同行しよう。少し街を見たいのでな」

「わかった」

クゼルがゼロに同行するというので、二人には本を買うお金を多めに渡しておく。

「それでは失礼します」

「行ってくる」

ゼロとクゼルの二人と宿の前で別れ、俺たちは大聖堂に向かって歩き始めた。

「大聖堂ってどんな場所なんだ？」

道中、そんな俺の質問に答えたのはアイリスだった。

「そうね……特別珍しい何かがあるというより、建物自体が観光名所になってるくらいね」

「観光客はけっこういるのか？」

「ええ、沢山いるわよ。神都に来る観光客のほとんどが、これから向かう大聖堂が目的なの」

「へ～、楽しみにしとくか」

大聖堂まで歩く間、改めてベリフェール神聖国の情報をアイリスやアーシャから聞いておく。

このベリフェール神聖国のトップは教皇と呼ばれ、今はリーベルト・ハイリリヒという人物が務めている。

貧しい人に対しても分《わ》け隔《へだ》てなく接し、人望が厚いとのこと。

悪い噂《うわさ》も全くないようである。

他にも、教皇の娘が神聖魔法と回復魔法の使い手で、皆からは『聖女』と言われているそうだ。

彼女の名は、イルミナ・ハイリヒ。

年は俺と同じく十七歳。他国で言う姫に近い立場ということもあり、アイリスとは友達のようである。

国王である教皇を補佐する役職は枢機卿《すうききょう》と呼ばれ、他国における宰相《さいしょう》や大臣に近い。この国は宗教団体と国の運営が密接に関わっているため、こういった役職名が与えられているそうだ。

そんな話をしているうちに、大聖堂の足元まで辿り着いた。

見上げて思ったのが、この大聖堂は一つの芸術だということ。

柱の一本一本に細やかな彫刻《ちょうこく》が施されており、足を止めてじっと見つめている人も少なくない。

そんな人たちを尻目に、俺たちは中に進む。

その中も、外観同様に芸術のようだった。

地球に同様の建造物があるのかといわれれば、極めて少ないだろう。少なくとも、俺が今まで生きてきた中で、ここまで立派で芸術的な建築物は見たことがない。

俺は改めて大聖堂の中を見回す。

陽の光が色鮮やかなステンドグラスやガラスから差し込み、大聖堂の中を照らしている。

壁や天井に施された絵画は大迫力で今にも動き出しそうだし、彫像も緻密《ちみつ》で、生きているかのようだ。

心を揺さぶられるとは、まさにこのことだろう。

フィーネたちも呆然《ぼうぜん》と、「綺麗」と声をこぼしていた。

このまま眺めていたかったが、入口の近くで突っ立っていると人の邪魔になるので、俺たちは大聖堂内を少し歩き回ることにした。

絵画や彫刻など、聖堂内を見て回るうちにどれくらい経ったのだろうか。

差し込む光はオレンジがかっており、日が暮れ初めていたことに気が付いた。

「なんか、あっという間に時間が過ぎてたな。最後に祈ってから宿に帰ろうか。ゼロとクゼルも待っているだろうしな」

俺の提案にフィーネ、アイリス、アーシャ、エフィル、鈴乃の五人は頷いた。

俺たちは最後に、礼拝堂と呼ばれるエリアへと赴く。

中に入ると、夕焼けの光が女神像を照らし、神々《こうごう》しく輝かせていた。

そこには一人の少女が、女神像の前に膝《ひざ》を突き、両手を胸の前で組んで熱心に祈りを捧《ささ》げる姿があった。

シスター服っぽい服装に身を包んだ、金髪のストレートヘアの少女。差し込んだ夕日が彼女の髪に反射し、輝いている。

アイリスが、そんな少女を見てポツリ呟く。

「……イルミナ？」

イルミナって、まさか例の聖女様か？

その呟きは少女の耳にも届いたようで、彼女は祈りを止めてこちらを振り返った。

飴色《あめいろ》の瞳《ひとみ》がアイリスを捉え……

「その声は……アイリス？」

「――やっぱりイルミナだわ！」

イルミナだと確信したアイリスは少女に駆け寄り、そのまま抱き着いた。

「わっ、やっぱりアイリスなのね？」

抱き着いたアイリスだったが、一度イルミナから離れ、顔を合わせる。

アイリスを改めて見たイルミナは、驚いた表情になった。

そりゃあ、一国の姫様であるアイリスが事前情報なく現れたら、驚きもするだろう。

「二年も見ない間に大きくなりましたね。ディラン陛下と一緒ではないので？」

「違うわよ。今はそこの人たちと旅をしてるのよ！　もちろんアーシャも一緒よ！」

俺たちの方を見て呟くイルミナに、胸を張って答えるアイリス。

イルミナが視線を向けると、アーシャは「お久しぶりです、イルミナ様」と一礼した。

イルミナは頭を下げ返してからアイリスに視線を戻す。

「アーシャも元気そうで何よりです。それで、そちらの方々が？」

「そうよ♪」

ふふんっと上機嫌に鼻を鳴らすアイリス。

俺たちは前へ進み出て、自己紹介をする。

「初めまして。冒険者をしてる晴人だ。聖女様に会えて光栄だ。こっちにいるのが——」

フィーネたちは俺に促され自己紹介をする。

「フィーネです。ハルトさんと同じ冒険者をしております」

「エルフのエフィルです」

「鈴乃と言います。よろしく……でいいのかな？」

イルミナも自己紹介をする。

「皆さま初めまして。イルミナ・ハイリヒと申します。『聖女』と呼ばれてはいますが、かしこまった態度でなくて大丈夫ですよ」

一礼をするイルミナの優雅な所作に、皆が見惚《みと》れる。

すると、アイリスが驚いた表情で俺を見ていた。

「ハ、ハルトがいつも通りの態度じゃない！」

「アイリスなぁ～……初対面の人には普通はこうだからな？」

「イルミナは気にしないから大丈夫よ！」

そんなアイリスを見てイルミナは頷いた。

「アイリスの言う通り、皆さま、いつも通りで大丈夫ですよ。気にしてませんから」

ニッコリと微笑《ほほえ》むその表情はまさに聖女。

「わかった。いつも通りにさせてもらうよ、イルミナさん」

「イルミナと呼び捨てでけっこうですよ、アイリスのお友達のようですから」

アイリスと俺たちの様子を見て友達だと思ったのだろう、そんなイルミナの言葉を、アイリスが否定した。

「ハルトは友達じゃないわよ？」

否定したアイリスに困惑するイルミナ。

それもそうだ。友達でなければ、姫様相手にこんな気軽に話せるわけないからな。

「護衛の方々……？」

「護衛でもなくて、ハルトは私たちの旦那様よ！」

「……はい？」

『旦那様』発言に硬直《こうちょく》してしまったイルミナを見ながら、俺はアイリスに注意する。

「それはまだ先だろ……てか公《おおやけ》にしていいのか？」

「別にいいのよ。もうフィーネが正妻、側室が私に鈴乃、エフィルって決まってるじゃない」

アイリスの「違うの？」という顔を見て俺は「あ、ああ……そうだな」と返す。

そして、イルミナはそこでようやくアイリスの言葉の意味を理解したようで、顔を真っ赤にして、あわあわしながら口を開いた。

「よ、四人もお嫁さんに……な、なんてふしだらな……」

聖女様はこの手のお話に弱いようである。

両手で顔を覆いながらも、指の隙間《すきま》からチラチラとこちらを見るイルミナ。

俺はゴホンと咳払《せきばら》いをして、話題を変えることにした。

……決して恥ずかしいからなどではない。

「それよりも、俺たちは観光ついでにお祈りをしに来たんだが……」

「ふぇっ!?　あ、はい！　お祈りは大歓迎です！」

顔を紅潮《こうちょう》させながら、イルミナは俺たちを案内してくれる。

少し申し訳なくなってきたぞ……

そこで俺はふと、気になったことがあったため尋ねてみる。

「そういえば、寄付をしたいと思ってるんだが……相場とかってあるのか？」

「ありがとうございます。特にそういったものはなく、人それぞれですね」

そうなのか。

神様には感謝しているので、それなりの金額は出したい。

というか、神様って俺が会ったのは爺《じい》さんだったけど、像は女神なんだよな。まあ、あの爺さんよりも、美しい女神に金を出した方がいい気分だから気にしないけど。

俺は異空間収納から適当な金額を取り出して、イルミナに手渡す。

すると予想以上の金額だったのか、イルミナは目を見開いた。

「え？　こ、こんなにですか⁉　は、ハルトさんはもしかして貴族の方なのですか？」

「いや、さっきも言った通り冒険者だよ」

「え？　……もしかして高ランク冒険者なのでしょうか？」

貴族ではないがお金はある冒険者、ということで、イルミナはそう考えたようだ。

「ハルトはＥＸランク冒険者よ！」

そこへ自慢するかのように胸を張って答えたアイリス。

アイリス、なぜお前が答えたんだ……

それを聞いたイルミナは再び硬直し、数拍おいて大声を上げた。

「え、えぇぇぇぇぇッ!?　あ、あの最強の冒険者と言われる人がハルトさんなのですか!?」

「え？　こっちの国でもそんな風に言われてるのか？」

「はい。一万もの凶悪な魔物の大群をすべて一人で殲滅《せんめつ》したと聞いています」

「いや、間違ってはないけど……前線で持ちこたえてくれた皆のお陰でもあるから、俺一人の力みたいに言われるとちょっと複雑だな」

俺の表情を見て、イルミナは微笑んだ。

「それでも、凶悪で強い魔物を倒し、人々の命を救ったのは確かですよ」

「そうなのかもな」

そこまで頑なに否定することでもないので、素直に頷いておく。

「まぁ、そんなわけで金はあるから、これは受け取ってくれ。俺も神様には感謝しているんだ」

「はい、わかりました。ありがとうございます」

イルミナの手のひらへ、取り出した金を渡す。

「では皆さま、こちらへどうぞ。作法は厳しくありませんので、私と同じようにしてください」

「わかったよ」

その指示に皆が頷く。

イルミナは像の前まで行くと、両膝を突き、両手を胸の前で組む。

俺たちもイルミナに従い、その後ろで同じように祈りを捧げた。

あの爺さん――神様に感謝の気持ちを伝える。

あんたのお陰で俺は生きているし、皆にも出会えた。守りたい人、大切な人を守ることができた。本当にありがとう。

俺と同じくらいのタイミングで、皆も祈り終わったようだ。

アイリスがイルミナに向き直る。

「今日はありがとう！　ここには少し滞在してるからまた会いにくるわね♪」

「ええ、また来てね、アイリス。皆さまも、父上――教皇陛下にお話をしておきますので、気軽にお越しください」

俺たちはその言葉に頷くと、とりあえず今日は宿に戻ることにしたのだった。

◇◇◇

イルミナ・ハイリヒは、アイリスたちと出会ったその日の夜、父でもある教皇、リーベルト・ハイリヒに面会していた。

「なんと、アイリス王女が来ていたのか」

「はい。その、こ、婚約者と一緒にですが……」

イルミナの言葉に、白い正装を着込んでいるリーベルトは目を見開く。

隣国の姫であるアイリスに婚約者がいるという情報は一切入っていなかったのだ。

「婚約者とは誰だったのかね？　ペルディス王国の貴族だろうか？　それとも帝国の者か？」

リーベルトの言葉に、イルミナは首を横に振って否定する。

「いえ……お父様は冒険者のハルトさんをご存知ですか？」

その人物名にリーベルトは「うむ」と頷く。

ハルトがＥＸランクに昇格する際に行なわれた、各国の王による会議に参加していたため、当然知っていた。

「知っているとも」

「そうだったのですか」

リーベルトは会議の時に見せられた映像を思い出す。

漆黒の姿で幾万《いくまん》もの敵を蹂躙《じゅうりん》するその姿は、その二つ名の通り『魔王』と呼ぶにふさわしかった。

その力の強大さに、ＥＸランクという前代未聞のランクを与えるのは危険ではとも思ったが、ペルディス王国の国王、ディラン・アークライド・ペルディスの太鼓判《たいこばん》もあり、昇格を承認したのだ。

「……もしや、その者がアイリス王女の？」

「はい」

イルミナは静かに頷く。

リーベルトはその情報を受けて、ペルディス国王が自国の戦力としてハルトを取り入れた可能性を考える。

　戦時には一人で敵軍を殲滅できるであろうあの者が一国に組するとなれば、その影響は大きい。

「イルミナはハルト殿とは話したのか？」

「はい、少しですが」

「聞かせてもらえないか？　イルミナが見た彼を」

「わかりました」

　イルミナは語る。

「そうですね……見た感じはパッとしない印象でしたが、その身に宿す力が強大なのはわかりました。アイリスは人を見る目があります。そのアイリスが好きになったということは、心から信頼できるのでしょう。私の目には、悪人ではないと……むしろ必死に生きようとしているように見えました」

　自分の信念を邪魔する者がいたならば、躊躇《ためら》いなく殺すことができるだろう。そんな、生きることに対しての必死さをイルミナは直感的に感じ取っていた。

「そうか」

　リーベルトは、娘の言葉に頷く。

　イルミナの人を見る目も確かだ、そんな彼女が言うのだから本当なのだろう。

「ペルディス王国と他国との戦争が起きた時、ハルト殿は出てくると思うか？」

「わかりません。ですが大切な人が巻き込まれたら参加するでしょう。どちらに付くかはわかりませんが、戦争している国をすべて相手にすることもありえるかと……」

それを聞いたリーベルトは、ただただこの先、戦争が起きないことを願うしかなかった。

と、そこでリーベルトは話題を変える。

「それはそうと、二人だけだったのか？」

「いえ。アイリスの付き添いのアーシャもいました。他にも婚約者のフィーネさんという冒険者に、同じく婚約者のエフィルさん、スズノさんという方が」

イルミナがその場にいた全員の名前を挙げると、リーベルトは興味深そうに頷く。

「一度会って話をしてみたいものだ」

「次にお会いしたらそう言ってみます」

「うむ。いつでもいいのでそう伝えてほしい」

「はい」

そこへ扉が叩《たた》かれた。

「教皇陛下、アルベン・マルダスです。報告がございます」

「どうぞ」

「失礼します」

入ってきたのは、四十代前半の男性。アルベン・マダルス枢機卿だった。

「おや、イルミナ様もいらっしゃったのですね」

「はい。少しお話をしておりました」

「そうでしたか。これは失礼致しました」

「いえ。報告があるのでしょう？」

「はい」

「何があったのかね？」

リーベルトに聞かれたアルベンは真剣な面持ちで口を開く。

「はい。最近多発しております、行方不明者が続出している件です」

その言葉に、イルミナとリーベルトは顔を強《こわ》ばらせる。

ここ最近、二人を悩ませていた問題だったからだ。

「続きをお願いします」

リーベルトに促されたアルベンは続ける。

「はい。入ってきた情報によりますと、悪魔召喚の儀式を行なうための、生贄《いけにえ》を集めている集団がいるようです」

「なんですって!?　どうして悪魔を！」

イルミナは驚きのあまり、大きな声を上げた。

彼女だけではない。リーベルトも同様に驚いていた。

――悪魔。

それは地獄に存在する精神生命体のこと。悪魔は圧倒的な力を持つが、現世では肉体を持たないために存在できない。

しかし、生贄の肉体や魂を捧げることで、現世に顕現《けんげん》させる――召喚することができるのだ。

また、召喚の対価とは別の対価を捧げることで、願いを叶《かな》えてくれると言われている。

悪魔には階級が存在し、最上位悪魔である王、公爵。続いて上位悪魔である伯爵、子爵、男爵。その下に、下級悪魔がいる。

上位悪魔でも軍隊に匹敵する力を持つが、さらにその上の最上位悪魔の力は絶大で、公爵級が一体現れれば、国が滅ぶとされる。

そのような凶悪で強力な悪魔を召喚しようとしているのだ。

リーベルトは冷静にアルベンに尋ねる。

「アルベン枢機卿。その集団に関して、他にわかることは？」

「いえ、残念ながら……」

申し訳なさそうな表情で首を横に振るアルベンだが、「ですが」と言葉を続けた。

「近いうちに召喚されそうな気がしてなりません」

「なら早く対処しなければ――」

イルミナが慌てたようにそう言うも、リーベルトはそれを窘《たしな》める。

「イルミナ、落ち着きなさい。これからそれを考えるのです」

「は、はい……私としたことが、慌ててしまいました」

民を思ってのイルミナの発言だということは、リーベルトにもわかっていた。

「アルベン枢機卿。ここに聖騎士団長を呼んでください」

「わかりました。少しお待ちください」

アルベンは部屋を退出する。

イルミナがリーベルトへ尋ねた。

「聖騎士団長を呼んでどうするのですか？」

「対処法について話し合いましょう。なんらかの策を考えてくれるはずです」

しばらくして扉がノックされる。

「アルベンです。ガウェイン・ハザーク聖騎士団長をお連れしました」

「入ってください」

アルベンが扉を開けて入室する。その後には身長百八十センチはあり、白銀の鎧《よろい》に身を包んだ人物が立っていた。

短く切られたプラチナブロンドの髪に、空のように蒼《あお》い瞳。目鼻が整った、二十代前半の美青年だ。

彼はベリフェール神聖国聖騎士団長ガウェイン・ハザーク。ベリフェール神聖国最強の聖騎士で、その名は世界に広く知れ渡っていた。

ガウェインはリーベルトの近くまで来ると片膝を突き、礼をとる。

「ガウェイン・ハザーク、ただ今参上いたしました」

「よく来てくれました」

「はっ。して教皇陛下、話とは？」

ガウェインが顔を上げた。

リーベルトはガウェインに、先ほどアルベンに聞いたことを話す。

「――ということになっているようなのです」

話を聞いたガウェインは頷く。

「なるほど。では騎士団を動員して虱潰《しらみつぶ》しで探しますか？」

リーベルトは首を横に振って口を開く。

「いや、それでは民を不安にさせてしまいます。できるだけ穏便に済ませたいのです」

イルミナが、リーベルトの言葉に続くようにしてガウェインに確認する。

「できますか……？」

「そうですね、いくつか考えなければならないことはありますが――」

そうして長い時間の末に決まったのが……

「では、騎士団は一般人に紛れ、組織の情報を集めること。すべての情報は私に伝えるようにお願いします。アルベン枢機卿も、引き続き情報の収集をお願いします」

リーベルトの発言に、ガウェインとアルベンは頷く。

しかしイルミナには、今回の件はどうも嫌な予感がしてならなかった。

だが彼女にできるのは、神聖魔法で人を癒すことと、祈ることくらい。

すべて、他の者に託すしかなかった。

大聖堂の礼拝堂へと向かったイルミナは女神像の前に両膝を突いて祈る。

――どうか、何も起こりませんように、と。


ベリフェール神聖国神都の、とある地下室にて。

部屋の中央に設置された円卓の周囲、黒いフードを被った者が五名、席についていた。

円卓の中央では一本のロウソクに火が灯っており、暗い室内を照らしている。

誰もが言葉を発しない中、一人が口を開いた。

「準備の方はいかに？」

とても低い、中年の男性の声だ。

「順調に進んでいる。悪魔召喚の準備も、じきに最終段階だ。あとは儀式に必要な生贄だけ」

「生贄、か……」

悪魔召喚の生贄となる人数は何人でもいい。だが質がよければ、召喚される悪魔の格も上がる。

悪魔と相性のいい、憎しみや強い悪意を持っている者や、逆に清らかで善良な魂の持ち主などが、質のいい生贄とされていた。

「しっかりと準備をしなければな」

「では生贄には……」

「ああ、聖女を使おう。さすれば最上位悪魔が召喚できるだろう。殺すとなると問題が発生するかもしれんが、血だけを使うことにして、他に生贄を用意すればいい」

　一同が頷く。

「……では、聖女は私が連れ出そう」

「お前にできるのか？」

聖女ともなれば、身辺警護がかなり多い。

その中から連れ出すとなると相当難しいはずだが、男は自信満々に頷く。

「聖女は常に大聖堂にいる。私なら人払いが可能だ」

そしてその人物は、作戦を語る。

「――という感じだが、どうだろうか？」

「なるほど。ではその作戦で行こう」

説明を聞いた四名は頷く。それなら成功率が高いと。

「失敗したら？」

「私は極刑だろう。だが組織のことは漏らさんよ」

「当たり前だ」

「では決行は次の満月の夜。何か質問はあるか？」

沈黙。

男はこの沈黙を肯定と受け取る。

「では解散だ。我らに栄光あれ！」

「「「――栄光あれ！」」」

そうして一同は、何かに取り《と》憑《つ》かれたような邪悪な笑みを浮かべるのだった。

第3話　神都での依頼

神都に到着した翌日、俺、晴人は皆と一緒に、名物料理を探しに街を散策することにした。

街中には屋台のような出店などは少なかったが、アクセサリー店が多かった。

とりあえず目についた近場のアクセサリー店に入ってみると、高価なものはショーケースで展示され、他のお手頃な値段のものは手に取って見やすいように置かれていた。

平均的な値段は千ゴールドくらいで、アクセサリーとしてはお手ごろな価格だ。

高いアクセサリーには様々な効果の付与《エンチャント》がかけられており、それなりの値段となっている。

「皆、欲しいものはあるか？」

「うーん、可愛いのもけっこうありますし、何か欲しいですね。記念というわけではないのですが……」

フィーネは小さなアクセサリーを手に取って眺めながらそう言う。

「アイリスは？」

「私も欲しいかな。せっかく皆で来たんだから、フィーネの言う通り、記念に何かあると嬉しいわね」

「なら、皆の分も買うか」

「それがいいわ！」

女性陣はまあいいが、ゼロはいるのだろうか？

格好は完全に執事《しつじ》そのものだから、似合うアクセサリーがこの店にあるかどうか……まあ、もしなかったら後で自作してやるか。

そんなことを思いつつ、皆が欲しいものを選ぶのを待っていたのだが、なぜか全員、選ばないでこちらを凝視している。

これは俺が選べということか。

視線の意味を察した俺はアクセサリーを眺める。

しばらく悩みつつも、それぞれにぴったりなものを決めた。

フィーネには空色の小さな宝石が散りばめられたブレスレット、アイリスには小さな緋色《ひいろ》の宝石が散りばめられたブレスレット。クゼルには紅色《べにいろ》のヘアピンを、エフィルには翡翠《ひすい》色の宝石がはめ込まれたブレスレット、鈴乃には桜色のブレスレットを購入した。

アーシャには仕事の邪魔にならなさそうな、黄色の小さな宝石がはめ込まれたネックレス、ゼロには黒色のピアスを購入する。

プレゼントされた皆は口々に「ありがとう」と言って喜んでくれた。

アイリスなんて「これが愛なのね！」と言っていて、それを聞いたフィーネは「あ、愛……」と顔を赤くさせていた。

アーシャは最初遠慮して受け取ろうとしなかったが、日頃の感謝だと言うと納得してくれた。

それから俺たちは様々な店舗を巡り、目的だった名物料理も見つけて、充実した一日を送ったのだった。


神都に着いて三日目。

今日は各々自由行動ということで、俺は宿でゆっくりとしていた。

皆疲れが溜《た》まっているだろうし、大きな観光地や美味い飯という旅の醍醐味《だいごみ》も済ませたので、休息日である。

というわけで宿の一階でくつろいでいると、アーシャが俺に声をかけてきた。

「ハルト様、今日はお暇ですか？」

「アーシャか。暇だけど……そういえば、アイリスは一緒じゃないのか？」

「アイリス様はイルミナ様に会いに行くとのことで、付き添いにはフィーネさんとスズノさん、エフィルさんが申し出てくれました。アイリス様が『アーシャもたまにはゆっくりしなさい』と仰ってくださいまして」

なるほどな。

それならゆっくりしていればいいはずだが、声をかけてきたということは……

「ゆっくりと言われてもやることがない、と」

頷くアーシャ。

「冒険者ギルドに依頼でも受けに行くか？　俺も退屈していたところだし」

「いいのですか？」

「ああ」

そこへクゼルが階段から下りてきた。

「何やら依頼を受けるという話が聞こえたのだが？」

敏感なやつだな……

「クゼルも一緒に行くか？」

「いいのか？」

クゼルの言葉を受けて俺が顔を向けると、アーシャは頷いた。

「私は大丈夫ですよ」

「そうか。なら私も一緒に参加させていただくとしようか」

嬉しそうにするクゼル。

今日は三人か……そういえば、ゼロはどこだろうか？

そう思っていると宿の扉が開き、ゼロが入ってきた。

どうやら出かけていたようだな。

そんなゼロは俺を見て、首を傾《かし》げる。

「ハルト様、出かけるので？」

「これから依頼でも受けに行こうかと思ってな」

「そうでしたか。では私も準備をしてきます」

そこで俺は、ゼロが抱えている本に気付いた。

「それ、全部買ってきたのか？」

「はい。面白そうなのがありまして」

「ならゆっくり読みたいだろ？」

「そんなことは……」

ゼロは否定するが、表情を見ればわかる。

「今日は自由だ。自分の好きなことに時間を使ってくれ」

「……わかりました。ハルト様はなんでもお見通しなのですね」

「ああ、顔を見ればわかるさ。フィーネたちが戻ってきたら、俺たちは依頼を受けに行ったと伝えといてくれ」

「承りました」

そうして俺とアーシャ、クゼルの三人は準備を済ませて宿を出ると、冒険者ギルドへと向かった。

ギルドの建物の前に到着して早々、扉越しに喧騒《けんそう》が聞こえてくる。

活気があるのを通り越して、騒々《そうぞう》しいくらいだが……

扉を開いたことで、ようやく喧騒の正体がわかった。

「ってめぇ！　俺が先に並んでいただろうが！」

「はぁ!?　先に並んでいたのは俺の方だろう!!」

「ンだとゴラァッ!?」

「あぁ、やんのか!?　ゴブリンみてぇな面しやがって！」

「誰がゴブリンだ！　てめえこそオーガみてぇじゃねえか！」

二人の冒険者がバチバチといがみ合っていたのだ。

今にも殴り合いそうだが、周りは誰も相手をしない……というよりも関わろうとしていない。それがいつもの日常のように振舞っている。

入ってきた俺たちに目をくれる者はほとんどいなかった。

「……いつもの冒険者ギルドだな」

「そうですね。冒険者ギルドはどこも同じなんですね」

「そのようだな」

俺、アーシャ、クゼルと三者三様の言葉だが、思ったことは同じだったようだ。

いがみ合う二人をスルーして通り過ぎようとしたところで、声をかけられた。

「おいそこの。どっちが先に並んでいたか見てただろ？　俺だよな？」

「俺だよなぁ？」

いや、今入って来たばかりだから知らないんだが。

問われた俺たちは一度顔を見合わせてから……

「「知らん（知らないですね）」」

そう言って受付に並んだ……そいつらを抜かして。

直後、俺は二人に同時に肩を掴《つか》まれた。

「おい、抜かすとはいい度胸だな？」

「俺たちが先に並んでただろ？」

俺は振り返りつつ——

「あ？」

二人だけに向けて威圧を軽く放つと、「ひぃっ!?」という小さな悲鳴が上がった。

「そもそも、お前たち二人の言い合いで受付できねぇんだよ。わかったら外で喧嘩《けんか》してくれ」

「「す、すんませんした!!」」

喧嘩を止めた二人は、俺たちの後ろに素直に並んだ。

うんうん。いいことだ。

「ハルト様、ちゃっかり抜かしてますよね？」

「アーシャ、それは言うな」

ジト目で俺を見るアーシャの言葉を聞き流す。

そこからはスムーズに進み、俺たちの番が来た。

「本日はどのようなご用件で？」

受付嬢の言葉に俺は要望を伝える。

「三人で受けられて、昼過ぎから夕方までには終わりそうな依頼を見繕ってほしい」

「承りました。では冒険者カードの提示をお願いします」

俺とアーシャ、クゼルは冒険者カードを提示する。

まずはCランクのアーシャが見せ、続いてAランクのクゼルが提示すると、受付嬢は「え、Aランク冒険者ですか!?」と小声で驚いていた。

そして最後に俺が見せる番になった時、俺は「頼むから驚かないでほしい」と告げてから冒険者カードを手渡す。

すると、なんとなく予想はついていたが、受付嬢の反応は驚愕《きょうがく》どころではなかった。

時間が止まったかのように固まっている。

「ハルト様のせいですよ？」

「ハルトのせいだな」

アーシャとクゼルが俺のせいにしてくるが、その通りなので何も反論もできない。

といっても、このままというわけにもいかないので声をかけると、停止していた受付嬢は慌てて謝ってきた。

「も、申し訳ございません！」

「いや、何も謝ることはないと思うが……まあ、それよりも依頼はありそうか？　ある程度強くても俺がいるから問題はないから。よろしく頼むよ」

「は、はい！　ただいま！」

依頼を見繕いに向かった受付嬢は、ほんの数分で戻ってきた。

「これなどはいかがでしょうか？　三人のランク的には少し劣るかもしれませんが」

提示してきた依頼書を確認する。

内容は、オーガの群れの討伐だった。

オーガ単体の討伐難易度はB級。

アーシャはランクこそCだが、特訓でそれ以上の実力はついているので、二、三体同時に相手にしても問題ない。クゼルに関しては、既にSランク並みの実力が付いているし、いざとなれば俺もいるから危ないことはないだろう。

そう思いながら依頼書を確認していると、受付嬢が説明してくれる。

「こちらはオーガの群れの討伐となっており、中にはオーガキングの存在が確認されております。難易度はSランクに近いAランクとなっていますが、ハルトさんがいらっしゃいますのでそこは問題ないと判断しました」

俺は受付嬢の説明に頷き、アーシャとクゼルに尋ねる。

「受けるかどうかは二人に任せるよ」

少し悩んでいたアーシャだったが、「ハルト様がいるのでいい訓練になると思います」と言って受けることにしたようだ。

クゼルは「面白そうだな」とやる気満々なご様子。

それを確認して、俺は受付嬢に向き直る。

「と、いうことだ」

「わかりました。それでは手続きに入らせていただきます」

少しして手続きが済み、最後の説明に入る。

「群れの討伐証明として、キングを始めとした上位個体のツノをお持ちください」

「わかった」

さっそく俺たちは、冒険者ギルドを出て依頼書に書かれていた神都近郊の森へと向かった。

ほんの十五分ほどで到着し、そこから奥に向かって歩いていく。

途中ゴブリンなどが出てきたが、通常の個体だったということもあり、アーシャとクゼルの二人によって瞬殺される。

本当に頼もしい限りである。

歩くことしばし、アーシャがぽつりと呟く。

「全くオーガの群れを見ませんね」

「確かにそうだな」

アーシャの言葉にクゼルが頷いた。

実際、俺の通常の気配察知にも反応はない。

俺の〈神眼《ゴッドアイ》〉のマップ機能でより広範囲を索敵してみると、このまま奥へと進んだところに、オーガの群れらしき複数の反応を捕捉した。

「見つけたぞ。あとしばらく奥へ行ったところにいる」

「わかりました」

「わかった」

俺たちはそのまま、オーガの群れへと向かって歩を進める。

「ハルト、確かに反応があった」

しばらく進んだところで、クゼルがオーガの気配を察知したらしい。

遅れてアーシャも見つけたようだ。

より詳しく反応を確認してみると、広範囲に散見される群れの中に、一つだけ特に大きなものがある。おそらくこれが、受付嬢の言っていたオーガキングなのだろう。

「オーガキングらしき個体もいるな。群れの数は五十……問題ないか？」

俺の言葉に、表情を引き締めて頷くアーシャとクゼル。

そしてもう少し移動し、群れの外周にいた二体のオーガに近付く。

オーガはまだこちらの存在に気が付いていない様子だ。

「数は二体だな。どっちがやる？」

「なら私がやろう。アーシャはオーガの相手は今回が初だろう？」

「はい。お願いします」

俺の問いかけにクゼルが答えると、アーシャは頷く。

そしてクゼルは腰から剣を引き抜いて、オーガの前へと歩み出た。

クゼルの存在に気が付いたオーガは武器を構えようとするが、もう遅い。

「先手必勝だ」

言い放ったクゼルは、剣に魔力を流し、逆袈裟《ぎゃくけさ》に振るった。

剣がオーガの腹を深く斬り裂くと、クゼルは流れるようにもう一体のオーガの方に剣を向ける。

仲間の一体をやられたオーガは、慌てたようにクゼルへと拳《こぶし》を振るっていた。

「ノロマだな」

しかしクゼルはそんな言葉をこぼしつつ、迫るオーガの拳を危なげなく躱《かわ》し、その左腕を肩から切り落とす。

そして悲鳴を上げるオーガの背中へと即座に回ると、心臓を貫いた。

剣に付着した血を払ったクゼルは、こちらに戻ってくる。

「こんな感じだ。オーガは動きが鈍いから、動き回るのがコツだ」

「わかりました」

なるほど、アーシャの参考になるように動いていたのか。

「見事な手際だったな、クゼル」

「アレくらい普通だ。流石に五体同時となると、少し厳しいかもしれないがな」

いや、多分余裕で勝てると思うが、それは俺の気のせいだろうか……？

そんなことを思っていると、俺のエクストラスキル森羅万象《しんらばんしょう》の補助機能が生み出した人格、エリスが答えてくれた。

《マスターの仰る通り、今のクゼルだとオーガ五体の相手は余裕です。スキルを使用せず、素の身

体能力のみで同時に相手できるのは最大で十体かと思われます》

いや、強いな……

なんならスキルを使えば、今回の依頼はクゼル一人でできそうな気がするんだが。

《可能です》

受付嬢、完全に実力見違えているじゃん。まあ、ランクだけ見たら妥当な依頼なのかもしれないけど。

……それにしても、エリスが出てくる時と出てこない時の違いがわからないんだよな。ただの気まぐれなんだろうか。今も答えてくれなさそうだし。

しかしこのオーガたち、縄張りの監視をしているみたいな配置だよな。

するとエリスがすぐに答えてくれた。

《肯定します。オーガキングは自身の縄張りを配下に任せているようです》

どうやら俺の想像は正しかったようだ。

ということは、先ほどのオーガの悲鳴を聞いたのなら集まってくるのでは？

《はい、あと数分で群れのオーガがここに集まってきます》

マップを確認すると、確かに多数のオーガが向かってきていた。

とりあえず、二体ほどは視認できる距離に現れている。

「アーシャ、あいつらをやれるか？」

俺が示した方向にいるオーガを見て、アーシャはナイフを取り出して身構えた。

やってきた二体のオーガは、同族の亡骸《なきがら》を見つけ、周囲を探るようにキョロキョロしている。

どう出るのかは、アーシャのタイミング次第だろう。

隙を窺《うかが》っていたアーシャだったが、死角を突くようなタイミングで駆け出す。

オーガは突如目の前に躍り出たアーシャに向かって、慌てたように拳を振るった。

振るわれた拳を跳躍《ちょうやく》して避けたアーシャは、ガラ空きとなったオーガの背中に数本のナイフを投《と》擲《てき》した。

そのナイフはオーガの背中へと突き刺さった、が……少し浅いな。

あれでは致命傷にはならないだろう。

もう一体のオーガが三十センチほどの小岩を拾うと、着地したアーシャへと投擲した。

「――いッ!?」

咄嗟《とっさ》に避けようとしたアーシャだったが、避けきれずに脇腹を小岩がかすめる。

戦闘になるとわかっていたのに頑《かたく》なに着替えなかったメイド服が破れ、血が滲《にじ》んでいた。

だがアーシャは怯《ひる》むことなく、背中にナイフを突き刺したオーガへ接近すると、突き刺さったままのナイフ二本を握り、さらに深く突き刺した。

オーガの悲痛な叫び声がこだまする。

「まだです！」

アーシャはそう言って突き刺したナイフを抜くと、そのまま距離を取って、もう一体のオーガへと投擲する。

放たれたナイフはオーガの足首、正確には足の腱《けん》に命中した。

地面へ倒れたオーガは、立ち上がろうと両手を地面につく。

しかしアーシャはすかさず追加のナイフを取り出すと、がら空きの首の裏側へと投げた。

「ガァァッ——……」

ついにオーガは力なく地面へと倒れた。

これで一体は倒せたが、まだもう一体いる。

先ほど小岩を投げつけてきたオーガは、今度は二メートルほどの大きな岩を持ち上げ、投げつけていた。

それはアーシャがいた場所へとまっすぐに飛んでいき、土煙を上げる。

オーガは死体を確認しようとしたのか、岩に近付き持ち上げたが——そこにアーシャの姿はない。

と、その上空から両手の指の隙間にナイフを挟んだアーシャが現れ、そのすべてを無防備なオーガへと投げつけた。

両目、手首、足首とナイフが刺さっていき、最後の一本がオーガの眉間《みけん》へと深く突き刺さり、その命を絶ち切った。

ナイフを回収して俺とクゼルの元へと戻ってきたアーシャは、メイド服に付いた土埃を払う。

「いかがでしたか？」

「見事だったよ」

「ほんとですか――いっ」

嬉しそうにするアーシャであったが、腹部のかすり傷が痛んだのか、顔をしかめて声を上げた。

「見せてみろ」

俺がそう言うと、恥ずかしそうにしながらもアーシャは傷口を見せてくれた。

深くはないが、傷口に汚れがある。

「少し沁《し》みると思うが、我慢しろ」

そう言って傷口を魔法で生み出した水で洗い流し、汚れをとる。

水が傷口に沁みたのか、「いたっ」と小さな声をもらすアーシャ。

続けて回復魔法を施したことで、傷口は綺麗に塞《ふさ》がった。

よし、傷跡は残っていないな。

「これで終わりだ。痛むか？」

「い、いえ。大丈夫です。ありがとうございます」

お礼を口にするアーシャに俺が「大したことはしてない」と告げると、それまで黙って見ていたクゼルが口を開いた。

「アーシャ。二対一ということを忘れてはダメだ。先ほどの傷はそれを意識していなかったからだ」

「はい。オーガは動きが鈍いからと、少し油断してました」

俺が言いたかったことをクゼルが言ってくれた。

「まあ、そこまで気落ちするな。戦い方はよかったんだから、次は油断しないでやればいいさ」

「はいっ!!」

両手を握り締めて声を張り上げるアーシャ。

そこに今度は十体近いオーガが現れた。

「二人でやるか？　それとも俺がやろうか？」

「いや、二人でやろう。アーシャもそれでいいか？」

「わかりました。クゼルさんの足を引っ張らないように頑張ります！」

ナイフを構えるアーシャと、剣を抜くクゼル。

「アーシャ、行くぞ！」

「はい！」

クゼルは駆け出してオーガに接近すると、剣を振るっていく。

その背後に迫ったオーガが、握り締めた拳をクゼルへと振り下ろそうとしていた。

「させません」

しかしアーシャが投げつけたナイフがそのオーガの首筋に突き刺さり、命を刈り取る。

そこからは、クゼルがひたすら剣を振るい、その隙をカバーするようにアーシャがナイフを投げつけ……といった具合で、あっという間に十体のオーガを倒してしまった。

「二人ともお疲れ様。クゼル、アーシャはどうだった？」

二人を労いつつ、クゼルにそう尋ねる。

「そうだな、かなり戦いやすかった。背後の敵を始末してくれるから、思う存分暴れられたよ」

満足そうに頷くクゼルと、褒められて嬉しそうな表情をするアーシャ。二人の戦い方がうまくかみ合ったみたいでホッとした。

第4話　オーガキング

するとそこで、再びオーガの群れらしき気配を察知した。

しかも今回は、通常のオーガよりも大きな反応が三つある。

二つはやや大きい程度だが、もう一つはかなり大きい。

俺からしたらただの雑魚だが、アーシャとクゼルでは苦戦するだろうな。

「アーシャ、クゼル。気配は察知できたか？」

俺が真剣な表情でそう告げると、二人はコクリと頷いた。

「オーガキングと、おそらくその取り巻きであるオーガジェネラルが二体だ。俺が相手をしてもいいが……」

「それは私とアーシャがピンチな時に頼む」

「わかった。なら普通のオーガは俺が受け持ってもいいけど、どうする？」

二人で相談してから、クゼルが俺に頼んできた。

「ならお願いしよう。流石にジェネラル二体とキングを相手にしつつ、他のオーガも……というのは、勝てなくはないのだが、荷が重いからな」

「ハルト様、お願いします」

「了解だ」

少しして、オーガの群れが俺たちの前に現れた。

オーガジェネラルは二体とも、片手に肉切り包丁のような錆《さ》びついた武器を手に持ち、オーガキングは片手に大剣のような剣を持っている。

それらを見たクゼルが呟く。

「どう見てもAランクが受ける内容ではないな」

「同感だな。Aランクのパーティが挑んだとしても、返り討ちに遭《あ》うのが目に見える」

同意する俺の横で、アーシャも頷いている。

Sランクに近いAランクっていうか、普通にSランク依頼でいいよな。

まあ、この国にはSランク冒険者はいないそうだし、Aランクのパーティが受けるのを待っていたのだろう。

そんなことを考えている俺たちを見て、オーガたちが武器を構える。

オーガキングが配下に命令するような素振《そぶ》りを見せると、一斉に攻撃を仕掛けてきた。

「じゃあ、雑魚は俺が相手をするってことで、二人にはあの三体を任せたぞ」

「ああ」

「はい！」

迫るオーガの群れを潜《くぐ》り抜《ぬ》け、その背後にいるオーガジェネラルとオーガキングの元へ走って行くクゼルとアーシャ。

オーガは抜かれたことで後ろに戻ろうとするが、透明な壁によって阻まれた。

叩いたり殴ったりするが透明な壁はビクともしない。

あれは俺が発動した結界だから、その程度で壊れるわけがない。

「お前たちの相手は俺だ」

俺の声に反応し振り返るオーガたち。その数は十体ほど。

「アイツらの邪魔はさせねぇよ」

俺は注目を集めるように、軽く威圧を放つ。威圧が強すぎると逃げ出しかねないから、あくまでも軽く、だ。

そして狙い通り、オーガたちはジリジリと詰め寄り——一斉に襲ってきた。

ある者は拳を握り、ある者は落ちていた太い木を両手で持ち、ある者は大きな岩を抱えている。

今回は刀を抜かずに、魔法と体術のみで戦闘を行なうことにしてみる。

繰り出される拳を受け流して、空いている腹へ捻《ひね》りを入れた掌打《しょうだ》を入れれば、大きな穴が貫通し、オーガは即死した。

振るわれている巨木をしゃがむことで回避し、風魔法で圧縮した空気の塊《かたまり》を放って吹き飛ばす。

吹き飛ばすだけのはずが、威力が強すぎたのか、一体目のオーガと同様に腹に大きな風穴が開いた。

「おっと、少し強すぎたか？」

そんなことを言っていると、左右から巨大な岩塊が飛来し、同時に背後から巨木を振り下ろされた。

一瞬で迫ってきた岩塊だったが、その刹那《せつな》、岩塊同士がぶつかって破砕して、そこに巨木が振り下ろされる。

しかし既にそこに俺の姿はなく、オーガたちは困惑したような表情を浮かべていた。

「探しているのは俺か？」

そう言いつつ、上空から圧縮した魔力の塊——魔力弾を放ち、二体のオーガの眉間を撃ち抜いた。

半数近い仲間を倒され、怒った様子のオーガが迫ってくる。

オーガは他の魔物に比べれば知能がある方だが、逃げる素振《そぶ》りも見せない。

逃げたくても逃げられないから当然ではあるが……

「ま、運が悪かったと思え」

俺は迫るオーガたちを一瞬で倒し、結界を解除して二人の戦いを見守ることにした。


アーシャとクゼルの二人は、二対三という不利な状況にもかかわらず善戦しているようだ。

クゼルが注意を引き付け、アーシャがその隙を突いて攻撃を仕掛ける。

だが、アーシャのナイフはオーガジェネラルとオーガキングの分厚い皮膚を突破できず、クゼルも有効打を打ち込むチャンスがないようだった。

まあ、討伐難易度A級のオーガジェネラルが二体と討伐難易度S級のオーガキングが相手なのだ。

アーシャもクゼルも強くなったとはいえ、そう易々《やすやす》と倒せる相手ではない。

だがそれでもクゼルはゼロとの訓練の成果が実っていたのか、思いのほか善戦しているようだった。

「負けられるかぁっ!!」

クゼルはオーガジェネラルの攻撃を掻《か》い潜《くぐ》り、気合の入った声と共に剣を振るった。

オーガジェネラルはまさか攻撃を避けられると思っていなかったのか、反応が遅れ、右腕が斬り落とされる。

「グオォォォォオオオオオオッ!?」

痛みで叫び声を上げるオーガジェネラル。

しかしもう一体のオーガジェネラルが、ガラ空きとなったクゼルの背中目掛けて大きな肉切り包丁を振り下ろそうとしていた。

俺は思わず出て行きかけたが、アーシャが動いているのに気が付き、思い留まった。

アーシャはしっかりオーガキングを牽制《けんせい》しつつ、ナイフを投擲してクゼルの背中を狙っていたオーガキングの両足を地面に縫い付けたのだ。

「クゼルさん、今です！」

「助かる！」

アーシャの足止めに気が付いたクゼルは、片腕を斬り落とされたオーガジェネラルの懐にもぐりこむと、剣を振り上げてオーガジェネラルを縦に両断した。

「まずは一体！」

クゼルは剣に付着した血を振るって落とし、足を地面に縫い付けられたオーガジェネラルとオーガキングを見据える。

今の連携は見事の一言に尽きる。

あの一瞬でクゼルはアーシャの言いたいことを理解し、敵をしっかりと仕留めたのだ。今すぐにでも褒めたいところだが、まだ戦闘は続いている。

それに二人とも、油断せずに動いているようだった。

「クゼルさん、もう動きます！」

「了解だ！」

足止めとして両足に突き刺さっていたナイフを抜いたオーガジェネラルは、アーシャとクゼルの二人に対して武器を向ける。

オーガキングの方も、オーガジェネラルを一体倒されたことに、怒りを感じているようだった。

二体ともやる気満々といった様子だが、アーシャとクゼルの方も、消耗具合を見るに、まだ余裕を残していそうだ。

「アーシャ、私が前に出る。援護を頼む」

クゼルの指示に頷くアーシャ。

「先にジェネラルを仕留めるぞ」

「はい！」

なかなかかかってこない二人に苛《いら》ついたのか、オーガジェネラルが巨大な肉切り包丁を振り下ろしてきた。

しかしその肉切り包丁を、クゼルは剣の腹で上手く弾く。軌道を逸らされた肉切り包丁は、その勢いのまま地面に突き刺さった。

「アーシャ！」

クゼルが名前を叫ぶ。

そうなることが分かっていたかのように、アーシャは持っているナイフをオーガジェネラルの目を狙って投擲した。

「グオォォォオオオオオッ!?」

ナイフが突き刺さった目を覆ったオーガジェネラルが、痛みで悲鳴を上げる。

クゼルはその隙を見逃さず、武器を構えて迫る。

クゼルに気が付いたオーガジェネラルだが、反応するにはその距離は短かった。

あと少しでオーガジェネラルの首を斬れるところだったが——横からオーガキングの大剣がクゼルへと迫っていた。

「クゼルさん!!」

その声で気が付いたクゼル。

「——うっ、ぐぅっ!!」

咄嗟にガードしたことで刃の直撃は避けたが、衝撃によって吹き飛ばされて地面を転がっていく。

しかしすぐに体勢を立て直すと、すかさずアーシャが駆け寄った。

「大丈夫ですか!?」

「ッ！　問題ない。それよりも避けろ！」

「——ッ！」

二人は咄嗟にその場を飛び退くことで、オーガキングが振り下ろした大剣を回避した。

地面へ深々と突き刺さっている大剣を見たアーシャは、冷や汗を流している。

おそらくは直撃した時のことを考えたのだろう。脚も震えているし、今は頭の中が恐怖でいっぱいのはずだ。

「なにボヤッとしている！」

「――ッ!?」

クゼルの叱責《しっせき》で、ギリギリのところでオーガジェネラルが再び振るった剣を回避するアーシャ。

「どうした？」

「い、いえ。大丈夫です！」

誤魔化すアーシャに対して、クゼルは何も聞き返さなかった。

今が戦闘中だということもあるからだろう。

「今は集中しろ！」

「はいっ！」

自らを奮い立たせるように返事をするアーシャ。

俺はそんな彼女を見て少し不安になった。

戦闘において、恐怖に陥ることが最も危険であると、俺は思っている。

だが、死に対する恐怖を捨てろというのが、最も難しいことでもある。

彼女はこの状態で、どう対応するのか。

「アーシャ、援護は頼んだぞ！」

クゼルが強い口調でそう告げる。

「はい！」

二人は戦いを再開させたが、なかなか倒せずに難航している。

アーシャの動きも先ほどより鈍くなっている。

仕方のないことだ、アーシャは強敵との戦いに、まだ慣れていないのだから。

だが今はなんとか自力で乗り越えるしかない。俺もすぐに動けるようにはしているが、頑張ってほしいところだ。

それからしばらくして、先ほどの足の傷のお陰で動きが鈍ってきたオーガジェネラルを、クゼルの一撃で倒すことに成功した。

残るはオーガキング一体。

どう戦うのかは二人次第だが、客観的に見ても、オーガキングの動きは鈍い。

その代わり一撃一撃が強力で、二人がそれを喰《く》らえばひとたまりもないだろう。

クゼルとアーシャ、そしてオーガキングも、仕切り直しとばかりにそれぞれの武器を構え、動いた。

迫るクゼルにオーガキングは大剣を振り下ろそうとするが、横からアーシャの投げナイフに顔を狙われ、一瞬動きが止まる。

その隙にオーガキングの真下まで移動したクゼルが、力一杯、オーガの腹を袈裟掛けに斬り裂いた。悲鳴を上げるオーガキング。

しかしその一撃は浅かったようだ。

アーシャがカバーに入るよりも早く、振るわれた拳がクゼルへと直撃した。

「ぐふっ⁉」

ガードするもその一撃は重く、クゼルは一気に吹き飛ばされ、背後の木に強く身体をぶつけた。

「クゼルさん！」

アーシャが悲鳴を上げる中、クゼルは剣を杖《つえ》代わりに立ち上がる。

遠目で見た感じ、肋骨《ろっこつ》が二本と右腕が折れており、どう見ても戦える様子ではない。

「クゼル！」

俺は声を上げて近寄ろうとしたが、それを手で制すクゼル。

「くる、な。まだ、だ！　これしきで根を上げてたまるものか……‼」

片手で剣を構えるクゼルはそう言い放ち、オーガキングを睨みつける。心なしか、より一層気配が研ぎ澄まされた気がする。

アーシャはそんなクゼルを見て呟いた。

「どうして、そうしてそこまでして戦えるのですか……？」

アーシャの小さな声が聞こえていたのか、クゼルは笑みを浮かべながら答えた。

「私が私でいるため――いや、違うな。戦いが楽しいからだ！　死闘こそが至高！」

不敵に口元を歪めるクゼル。

「アーシャ、ハルト。コイツと、オーガキングと一人で戦ってもいいか？」

クゼルが尋ねてきたが、俺が何か言う前にアーシャが強く否定した。

「いえ、私は一緒に戦いたいです！」

その言葉に目を見開いて、クゼルはアーシャに尋ねた。

「怖かったんじゃ、ないのか？」

うっ、と小さな声を漏らしてから、アーシャは、力強い瞳でクゼルを見返す。

「自分は強くなったと思って、心のどこかで楽観視してました。なのに、目の前でやられるクゼルさんを見て急に怖くなったのです。でも――」

アーシャは武器を強く握り締め、オーガキングを見据える。

「これから先、皆さんと一緒に戦うために――そしてアイリス様の横で一緒に戦うために、ここで逃げるわけにいきません！　それに私がここで逃げ出せば、きっとアイリス様に笑われますから」

笑みを浮かべるアーシャ。もう恐怖心はなくなっているようだった。

「それがいい。アイリスもきっと喜ぶに違いない……悪いがハルト、先ほどの言葉は忘れてくれ。コイツは私とアーシャの二人で倒す」

「クゼルさんの言う通りです！　私たち二人で倒します！」

背中をこちらに向けてそう告げるクゼルとアイリス。

実に頼もしい言葉だ。

「好きにしろ。だが、俺を悲しませる結果にだけはするなよ？」

「任せろ!!」

「任せてください!!」

そうして二人はオーガキングと睨み合う。

アーシャがクゼルに告げる。

「私の攻撃では致命傷を与えられません。隙を作りますから、そこを狙ってください」

「ああ。私もあと少ししか動けないからな。頼んだぞ」

頷き合うクゼルとアーシャ。

「グオォォォォオオオオオオオオオッ!!」

雄叫びを上げるオーガキングは、大剣を手にアーシャとクゼルの元へ迫る。

同様にオーガキングへと迫るアーシャ。

オーガキングは正面のアーシャに大剣を振り下ろす。

そしてその大剣が当たる直前、アーシャの姿は掻き消えた。

あたりを見回すオーガキングだが、アーシャの姿は見当たらない。

が、次の瞬間、オーガキングの背後にアーシャが現れた。

大剣の死角を上手く使い、自身の姿が隠れたタイミングで高速移動し、回り込んだのだろう。オーガキングの目の動きを見ていなければできない技でもある。

背後を取ったアーシャが放ったナイフのうち、幾本かは刺さらずに落とされたが、オーガキングを振り向かせることに成功する。

オーガキングは大剣を振るおうとしたが、アーシャの方が早かった。

狙いすましたように投擲されたナイフが、オーガキングの目に突き刺さる。もう片方の目を狙った方は頬をかすめただけだったが、十分な成果だろう。

オーガキングは悲痛な叫び声を上げ、もう片方の目でアーシャを捉え剣を振るった。

「うっ!!」

振るわれた大剣は的確にアーシャを捉え、アーシャは手に持つナイフをクロスさせることでなんとか防ぐ。

しかしそのまま弾き飛ばされ、地面を無様に転がってしまった。

痛みでまだ動けない彼女を殺そうと、オーガキングは近寄って大剣を大きく振り上げた。

「私は一人で戦っているわけじゃないんですよ?」

アーシャがオーガキングに向けてそう言うのと同時。

「――その通り！　私の存在を忘れてもらっては困る!!」

クゼルの声が響いた。

彼女は跳躍し、振り返ったオーガキング目掛けて剣を振り下ろそうとしていたのだ。

そしてその体からは、魔力が溢《あふ》れ出《で》ている。

オーガキングは迷わず大剣でガードするが、クゼルは正面から剣を叩き込んだ。

ギギギッと火花を散らす。

「負けて、たまるかぁぁぁあああッ!!」

さらに剣を押し込むクゼル。

どうやら、理性を失う代わりに能力をアップさせるスキル、狂人化を使っているようだ。

まさかここにきてそれを使うとは。それにしても……

「自我を保っているとは驚きだな」

狂人化を発動したにもかかわらず、クゼルは自我を保っていたのだ。

ゼロとの訓練の成果が出たのか、あるいはこの土壇場《どたんば》になってスキルを使いこなせるようになったのか……

いずれにしても、決着の時は近い。

剣を押し込むクゼルと、押し返そうとするオーガキング。

拮抗《きっこう》状態が続いていたが、それは終わりを告げた。

クゼルの押し込む剣が、オーガキングの大剣へと徐々に食い込んでいたのだ。

「はぁぁああああああっ!!」

さらに押し込むクゼル。

次の瞬間、大剣が切断され、オーガキングへとクゼルの剣が迫る。

得物を失ったオーガキングの頭上から一刀両断。

オーガキングは真っ二つに裂け、血を吹き出しながら地面へと倒れた。

鞘《さや》に剣をしまったクゼルは「ふぅー」っと息を吐く。おそらくスキルを解除したのだろう。

見事、二人はオーガキングとの勝負に勝利したのだ。

クゼルはふらふらになりながらも、アーシャの元に歩み寄り、そっと手を差し伸べた。

「見事だった、アーシャ。あの囮《おとり》がなかったら危なかった」

差し伸べられた手を掴み、立ち上がったアーシャ。

「いえ。クゼルさんのお陰です。ありがとうございます」

アーシャの言葉に笑みを浮かべたクゼルだったが、突然ふらついてしまう。

それもそのはず。満身創痍《まんしんそうい》なのだから。

俺は咄嗟に動いて倒れそうになったクゼルを受け止めると、すぐに回復魔法を使う。

クゼルはどこか申し訳なさそうに声を発した。

「すまない、ハルト」

「気にするな。それよりも二人とも、よく倒したな」

「ああ、アーシャのお陰だ。私一人では倒せなかった」

「そんなことないですよ！」

アーシャがクゼルの両手を握り締め、そう言った。

「急に怖くなった私が悪いんです」

目に涙を溜めるアーシャ。

「……そうか。でもアーシャ。君のお陰でもあるんだ。そこは誇ってくれ」

「……わかりました」

頷くアーシャ。

クゼルとアーシャの治療を終え、二人を座らせたところで、俺は空を見上げた。

太陽は天高く昇っている。

大体、想定していたくらいの時間だろうか。

そう思っていると丁度、二人からお腹が鳴るのが聞こえた。

俺は二人に言葉をかける。

「さあ、戻ろうか。お腹が空いたし、お昼にしよう」

「そうだな」

「はいっ！」

こうして俺たちは討伐部位を回収し、神都へと戻った。

第5話　神都でデート

受付嬢に討伐証明部位を見せると、オーガキングとオークジェネラル二体がいたことに驚かれ、何度も謝られた。

討伐難易度の設定を間違っていたからだ。

「申し訳ございません！　まさかオーガキングだけでなく、ジェネラルも二体いたなんて……」

深く頭を下げる受付嬢。

「気にするな……ああ、そうだ。アーシャ、クゼル、今回の報酬は二人で分けてくれ」

俺が受け取った報酬をそう言って手渡すと、アーシャは「悪いですよ！」と言って受け取ろうとしないので、なんとか説得して受け取らせた。

クゼルは「いいのか？」としか聞いてこなかったので、「二人の頑張りの証だよ」と言ってそのまま渡したのだった。

ギルドを出た俺たちは、さっきの受付嬢におすすめの店を教えてもらい、そこで昼食をとることにした。

そこは、それなりに賑わっている定食屋だった。

注文を済ませて料理を待っていると、クゼルがある提案をしてくる。

「ハルト、アーシャ、この後少し神都を見て回ろうと思っているが、いいか？」

「賛成だ。付き合うよ」

「私もです。お供します」

「ありがとう」

「いやいや、腹ごなしに神都をのんびり散歩するというのも悪くないしな」

「ですね」

俺の言葉に頷くアーシャ。

昼食に舌鼓《したつづみ》を打った俺たちは、さっそく街へ出る。

今回は大人数での移動ではないので、面倒事も少ないと思っていたが……

「そこの嬢ちゃんたち、俺らと――」

「あ？」

「――ヒィッ⁉　なんでもないです‼」

「すみませんでした～！」

何かと絡まれる。

なぜだろう。そう思って二人を見た。

クゼルもアーシャも、普通に美人だ。

むしろ昨日みたいに団体じゃないぶん、声をかけられやすいのかもしれないな。

「なんかさっきからチラチラと見られている気がするのですが……？」

「そうだな。やけに見られる」

クゼルとアーシャがそう言って俺を見るので、俺は首を横に振った。

「気にしすぎだよ。あまり意識しすぎない方がいいぞ」

まあ、気にしたところでどうこうできるものじゃないしな。

「それもそうだな」

「わかりました」

それからしばらく散策をして程よい時間が過ぎたところで、アーシャがある店の前で立ち止まった。

どうしたのかと思ってアーシャの視線の先へと移すと、そこには綺麗で華やかな服が飾られていた。

「欲しいのか？」

「ひゃっ、ハルト様!?」

顔を真っ赤にしたアーシャは、慌てて顔の前で手をブンブンと振って否定する。

「ち、違います！　私にあの服は似合いませんよ！」

そこでクゼルと俺の声が重なる。

「似合うと思うが？」

「――ふぇっ⁉」

固まるアーシャ。

「クゼルもそう思うか？」

「うむ。アーシャはもっとお洒落《しゃれ》した方がいいと思う」

クゼルはそう言うがな……

「クゼルも人のこと言えないぞ」

「……なに？」

俺の言葉に、目を丸くするクゼル。

まあ、クゼルもお洒落とは言えないだろう。

「せっかくだし、新しい服を買ったらどうだ？」

俺がそう言うと、アーシャが食い付く。

「そうですよ！　クゼルさんは美人なんですから、もっとお洒落した方がいいです！」

「ということだ。二人とも、入るぞ」

二人を連れて俺が店に入ると、さっそく店員がやってくる。

「いらっしゃいませ」

店内は女性ものばかりで、店員も女性のみのようだ。

俺は店員に要望を伝える。

「金額は気にしないから、二人に似合う服を選んでくれ」

その言葉で店員の目が光った。

さらに三人の店員がやってきて、クゼルとアーシャの腕をがっちりと掴む。

「「「かしこまりました！」」」

満面の笑みでそう言う店員たち。

「は、離せ！　私はそんなもの着たくは――」

「わ、私も別に――」

二人は店員たちによって店内の奥へと引きずられていった。

俺は満足げに頷くと、案内された店内のソファで寛ぐ。

しばらく待っていると、アイリスとフィーネ、鈴乃、エフィルが店の前を通りかかり、アイリスと目が合う。

俺は一度店の外へ出て、四人に声をかける。

「よう、奇遇だな」

「ハルト、こんなところで何をしているの？」

四人はこんな女性ものの店で俺が何をしているのか不思議だったのだろう、詰め寄ってきた。

「実は――」

依頼を受けてからこれまでの流れを話す。

それらを話し終えると、四人はどこか納得した様子で頷いた。

「なるほどね。確かにアーシャにはもうちょっとお洒落をしてほしいわ。いつもメイド服だったもの」

「クゼルさんもお洒落な格好はしてないですね。いつもラフな服ですから」

「だよね。クゼルさんは美人だし、アーシャちゃんも可愛いもん。お洒落しないと損だよ」

「スズノさんと同感です」

俺は心の中でホッと息を吐いた。

店内をちらりと覗《のぞ》けば、店員たちがあれもこれもと服を持って試着室の方に向かっている。

まだまだかかりそうだな、なんて思っていると、フィーネが頷いた。

「じゃあ、ここはハルトさんに任せますね」

「そうね。フィーネの言う通り、二人を任せたわ。あ、それと、私たちとも一緒に依頼を受けに行くんだからね！」

アイリスがそう言って、上目遣いで見上げてくる。

「ああ、明日にでも皆で行こうか」

「やったぁ！」

喜ぶアイリス。

「それじゃあ、また後でね」

そう言って去っていくアイリスたちを見送って店内に戻ると、アーシャとクゼルが着替えを終えて出てきたところだった。

「いかがですか？」

店員がやり切った表情でそう尋ねてくる。

「そ、その、どうだ？　やっぱり似合わんだろう……？」

「ハルト様、その、いかが、でしょうか……？」

羞恥心《しゅうちしん》からか、普段お洒落をしないクゼルもアーシャも、頬を染めていた。

クゼルは赤を基調としたドレスで髪を後ろに流しており、アーシャは白を基調としたワンピースに、前髪に品のあるシンプルな髪留めを着けている。

「二人ともとても似合っているよ。たまにはこういう服を着てるのも見たいな」

俺の感想に顔を真っ赤に染め上げたクゼルとアーシャは、そのまま顔を俯かせてしまった。

これはアイリスたちの反応が楽しみだ。

そんな俺たちのやり取りを見て、店員が首を傾げる。

「お気に召しましたか？」

「ああ、満足だ。買わせてもらうよ」

「ありがとうございます！　頑張った甲斐《かい》がありました！」

会計を済ませた俺は「帰るぞ」とクゼルとアーシャを促すが、なぜか二人ともその場から動こうとしない。

「……どうした？」

「いや、その、元の服に着替えさせてくれないか……？」

「は、恥ずかしいです……」

「――さあ行こうか。皆が待ってるぞ！」

そう告げて俺は二人を無理やり店から連れ出し、宿へと向かう。

道中、街中の人々の視線が、俺の後ろを恥ずかしそうに歩くクゼルとアーシャに集まっていた。

もちろん悪い意味ではなく、皆美人に興味津々といった様子だ。

しかし、声をかけようとしてくる者は誰一人としていない。

俺が軽く周囲を威圧しているからだ。変な奴に絡まれるのもめんどくさいしな。

歩くことしばし、俺たちは宿に到着する。

「「「か、可愛い（です）!!」」」

アイリスたちはあの後すぐ宿に戻っていたようで、アーシャとクゼルを見るなりそう叫んだ。

当の二人はというと、顔を真っ赤にさせて部屋の中央で蹲《うずくま》っている。

「アーシャ、恥ずかしがる必要はないわ。とってもお似合いよ♪」

「そうですよ。クゼルさんまで」

「こんなにお洒落したアーシャさんは初めて見るけど、物凄く可愛い……クゼルさんはその、より一層美人に……」

「クゼルさんの変化が凄いですね……」

アイリスにフィーネ、鈴乃、エフィルがそう口々に感想を告げた。

俺もうんうんと頷く。

「アーシャには今度からその格好で奉仕してもらおうかしら？」

「アイリス様!?　それだけは止めてください!!」

アーシャはバッと顔を上げて訴える。

「どうしようかしら～？」

ニマニマと笑みを浮かべるアイリス。

「そうだな、俺もいいと思――」

そこまで言いかけたところで、アーシャが助けてほしそうに顔を向けてきた。

その顔は真っ赤に染まっていて、今にも爆発しそうなくらいだ。

流石にこれ以上アーシャを弄《いじ》るのは可哀想だな。

「アイリスも皆も、アーシャを弄るのはその辺にしておけ」

「弄るって……人聞きの悪いこと言わないでよ。だって可愛いんだから仕方ないじゃない」

「確かに」

アイリスの言い分に頷く俺だが、そこへアーシャが……

「あれ、私のこと助けたんじゃ……？」

「あ」

結局その日は、アーシャもクゼルも、そのままの格好でいることになったのだった。

第6話　皆で討伐依頼！

翌日、俺たちは全員であてもなく神都を散策していた。観光はあらかた終わったが、帝国にまっすぐ向かっても現地で暇になるかもしれないから、ゆっくりすることにしたのだ。

今日は各々、俺がプレゼントしたアクセサリーを身につけており、表情が緩みきっている。

俺からのプレゼントがそれだけ嬉しかったのだと思うと、なんだかちょっと恥ずかしい。まあ、表情には出さないが……

「ハルトさん、今日はどこに行くのですか？」

歩いている途中、エフィルがそんなことを聞いてきた。

「考えてないな。皆は行きたい場所とかあるか？」

もし誰からも意見が出なかったら、また大聖堂に行ってもいいけどな。何度行っても見飽きないほど素晴らしいし。

皆が考える中、アイリスが挙手する。

「ギルドに行きたいわ！」

確かに、昨日約束していたからな。

他の皆が問題ないなら何か依頼を受けてみるか。

神都に来て二日連続で依頼を受けるとは思っていなかったが、別の土地で受ける依頼もまた新鮮味があってよかった。

「平日で終わりそうな簡単な依頼にするか？」

「それでいいわ！」

「皆も問題ないな？」

誰も異論はないようだ。

「ならそうするか」


昨日と同じようにまた揉《も》め事《ごと》が起きているわけがない。そう思っていた時期が俺にもあった。

ギルドの建物に入ると……

「おいそこのハゲ！　今俺様の剣を落としただろう！」

「俺をハゲだと!?　これは剃《そ》ってるんだよ、お洒落なんだよ!!　だいたい、テメェみてぇな変な髪型の奴に言われたくねぇな、そんな髪型、馬鹿しかしないだろうよ！」

「んだとゴラァ!!　これはファッションなんだよ！　お前みたいな脳まで筋肉のようなヤツとは天と地ほどの差があるわ！」

二人の冒険者が互いの胸ぐらを掴み、罵《のの》り合《あ》っていた。

相変わらず、冒険者ギルドはどこも同じで安心するな。

大人数でギルドに入った俺たちだったが、一瞬だけ視線を向けられるだけで、関わろうとする者は誰一人いない。

ま、自分で言うのもなんだが、けっこう変な集団だもんな。触らぬ神に祟《たた》りなしとか思われてるんだろう。

受付待ちの列に並ぶことしばし、俺たちの番が回ってきた。受付嬢は昨日とは違う人のようだ。

大人数で並んでいたためか少し驚いていたが、すぐに営業スマイルを浮かべる。

「半日で終わる簡単そうな依頼を見繕ってくれ」

「わかりました。ではカードのご提示をお願いします」

受付の指示に従って各々がカードを提出する。

「――ふぇッ!?」

昨日とほとんど同じ反応だな。

「依頼の難易度は気にしなくていいから」

「わ、わかりました！　少々お待ちください！」

一気にガチガチな態度になるが、そこまで緊張しないでほしい。

少しして、依頼を見つけたらしき受付嬢が内容を説明する。

「ゴブリンの巣の駆除などはどうでしょうか？　群れの数は百を超え、中にはゴブリンキングとゴブリンジェネラルの存在も複数確認されています」

「構わないが、なぜ誰もやっていないんだ？」

俺の疑問に受付嬢は教えてくれた。

「実はつい最近確認された巣なんです。ただ、キングを含む群れの討伐をできる冒険者が、すぐには見つからなくて……」

つまり――

「丁度よくEXランク冒険者がいるから片付けてもらおう、と？」

「め、滅相《めっそう》もございません！」

慌てた様子で首を横に振る受付嬢に、アイリスが尋ねる。

「被害はもう出ているの？」

「いえ。まだ確認されておりません」

被害が出る前に片付けた方がいいだろうな。

「騎士団は動けないのか？」

俺のもっともな疑問に、受付嬢は答える。

「いえ、このような依頼は基本冒険者ギルドで行なっております。もうしばらく待って受ける人がいなければ騎士団にお願いをしていたところです」

「なるほどな。だがまあ、被害が出る前に俺たちで片付けてくるか」

「ありがとうございます。では手続きに入らせていただきます」

それから手続きを終えた俺たちは、ギルドを出て目的の場所である神都近郊の森へと向かうのだった。


結果的に、ゴブリンの巣の掃討は一時間も経たないで片付いた。

依頼は至って簡単だった。

巣となっていた洞窟《どうくつ》に火魔法のファイヤーボールを打ち込みまくるだけで済んだのだ。

最後の方になって、洞窟の奥からゴブリンキングとゴブリンジェネラル三体が現れたが、フィーネとアイリス、アーシャ、エフィル、鈴乃、クゼルの六人によって瞬殺されていた。

……完全に過剰戦力だな。

「手応えが無くてつまらないわ」

とはアイリスが放った言葉である。

皆も同様の感想だったようなので、討伐部位を回収してから森を散策することにした。

散策といってもマップとスキルを併用して強い魔物を探すといった感じだ。

森の奥深くへ入っていくことしばらく、マップに強い魔物の反応があった。

ゼロも感じ取ったようで、こちらを振り向き「どうしますか？」と視線で訴えてくる。

俺は魔物を鑑定する。

名前　：エルダートレント
レベル：98
スキル：威圧Lv6　自己再生　気配察知　魔力察知　魔力吸収　魔法耐性

エルダートレント。永き時を生きた木の魔物だな。

直接見るのは初めてだが、聞いた話によると、トレントは主にツルや根を動かして攻撃をしてくるらしい。

俺は皆に、エルダートレントがいることを伝える。

「エルダートレントだと⁉　A級の魔物じゃないか！」

そうか、エルダートレントはA級になるのか。

生息場所は森の奥深くのようなので、長年見つからなかったのだろう。

このまま放置すれば、大きな被害が出るかもしれないな。

「それで誰がやる？　ちなみに〈魔法耐性〉持ちみたいだから、気を付けてくれ」

そう言って見回すと、フィーネにアイリス、アーシャ、クゼルの四人が手を挙げた。

実力的にはどうなのだろうか？

そう思っていると、エリスが説明してくれた。

《四人でかかれば、あっという間に倒せてしまえるでしょう》

え、相手はA級だよな？　オーガキングと同じランクのはずだけど。

《A級と言っても弱い方で、相性の問題もあります》

ふむ、それなら問題ないか。

「そうだな、四人で戦うとエルダートレントがすぐに死ぬから、一人にしようと思うがどうだ？」

「え、それ本当ですか？　エルダートレントはA級の魔物ですよね……？」

フィーネが確認するかのように聞き返してきたので、俺は「ああ」と頷いた。

俺が肯定したことでフィーネは、「私、そこまで強くなってたんですね……」と呟く。

確かに出会った当初に比べれば、フィーネは十二分に強くなっていると言えた。

それから四人は話し合いを始めるが、誰も引かない。

「アーシャは引きなさい！」

「酷いですよ！　一人だけ楽しもうだなんて！　私だって戦いたいんですよ!?」

「ぐぬぬっ」

「ならアイリスが引いてもいいんですよ？」

アイリスとアーシャのやり合いに、フィーネが横から入ってきた。

「フィーネこそ引けばいいじゃない？」

「私じゃなくてもクゼルがいますよ」

「なっ、私だって戦いたくてウズウズしているのだぞ！」

四人はバチバチと火花が立ってるんじゃないかって勢いで睨《にら》み合《あ》っている。

そこでエフィルと鈴乃が俺を見る。

「わかってる。これを使う」

「これって……？」

鈴乃がそう呟き首を傾げ、エフィルも隣で不思議そうにしている。

そうこうしている間も睨み合っていた四名は、ついに俺へと聞いてきた。

「「「「もうハルト（さん）が決めて！」」」」

というわけで、俺はすかさずさっき準備していたもの――四本の棒の片方の端を握って差し出す。

「ハルト、これはなんだ？」

クゼルが問う。

「この四本の棒の中、一本だけ先端が赤く塗られている。それを選んだ人がエルダートレントと戦う権利が貰《もら》えるってのはどうだ？」

「なるほど。これなら平等ですね」

フィーネが俺の提案に賛同し、続いてアイリス、アーシャ、クゼルも同意してくれる。

鈴乃はなんでそんな準備がしてあるのかと言いたげに見てきてるけど、俺だってこんな物が役に立つ日がくるとは思っていなかった。

フィーネたち四人が一本ずつ手に掴み、同時に引き抜いた。

そして、見事選ばれたのは――

「私ね！」

頭上へ掲げられる赤い印が付いた棒。

エルダートレントを倒す権利を獲得したのはアイリスだった。

レベル的には、エルダートレントの方がはるかに強い。

だが、武器の性能や身体能力を組み合わせると、アイリスの方が格上と言って問題ないだろう。

というわけで、俺たちはさっそくエルダートレントがいる場所まで移動する。

雷属性の魔剣トニトルスと風属性の魔剣テンペストを抜き放ったアイリスは、前に出て構えた。

俺たちは離れた場所で観戦である。

エルダートレントは目の前に現れたアイリスに向かって、無数の木の枝をムチのようにして放った。

「遅いわ！」

アイリスはエルダートレントの攻撃のことごとくを躱して接近する。その移動した後の空間には、雷の軌跡ができていた。

エルダートレントの懐へ潜り込んだアイリスは、本体である幹に向かって雷を纏《まと》った魔剣トニトルスを振るう。

しかしあと少しで剣が届くというところで、アイリスの足元の地面から根が棘《とげ》のようにして出現し、串刺《くしざ》しにしようと襲いかかった。

「なッ!?」

突然の攻撃に驚きつつも、身を捻ることで躱したアイリスは、魔剣テンペストで根を斬り払って後方へと跳躍した。

息を整え、再び両手の剣を構える。

「なら——」

アイリスはさらにスピードを上げて、エルダートレントに接近する。

エルダートレントは地面から木の壁を出現させるが、遅い。

アイリスは魔剣テンペストで一刀両断し、そして崩れた壁を乗り越えると、魔剣トニトルスで幹を斬り付けた。

雷を纏った一撃はエルダートレントの幹を深々と斬り裂く。

すると、まるで痛みに身を捩《よじ》るように、無数の枝がアイリスへと襲いかかった。

「ちょっと！」

文句を言いつつも自身へと迫る攻撃を斬り落としていくアイリスだが、枝はすぐに再生しては襲いかかる。

「キリがないわ！」

エルダートレントのスキル自己再生で、切断されたところから再生していたのだ。

高火力で一気に殲滅しない限り攻撃がやまない、厄介極まりないスキルだった。

そこへクゼルが、なぜか楽しそうに声をかける。

「無理なら代わるが？」

自分が戦いたいだけだな、あれは。

「大丈夫よ‼」

しかしそう答えたアイリスの身体から雷が迸《ほとばし》り、周囲の風が荒ぶる。

「これで決める！」

エルダートレントを見据えるアイリスは——駆けた。

雷のごとき速度でエルダートレントへ再度接近したアイリス。

先ほど本体に斬り付けた傷は自己再生のスキルで再生されていたが、関係なしに魔剣を振るった。

「再生の隙を与えなければいいんでしょ！」

一瞬で幹に傷がつき、防ごうと迫ってきた木の枝が斬り刻まれた。

そこへ魔剣テンペストによって暴風が吹き荒れ、エルダートレントを根ごと浮かび上がらせると、そのまま吹き飛ばした。

続けて、魔剣トニトルスへ雷がバチバチと纏わりつく。

空中で何もできず、地面へ無様に落ちてくるエルダートレント。それを目掛けてアイリスは縦に一閃《いっせん》。

空から雷が落ちたかのような一撃により、エルダートレントは消滅した。そう、雷の一撃によって、文字通り消滅したのである。

見事アイリスは、エルダートレントを相手に勝利を手にしたのだった。

討伐証明となる部位は、切断した枝で十分なので特に問題はないだろう。

戦えなかったフィーネ、クゼル、アーシャは、アイリスの勝利を喜びつつもしょんぼりしていたのだが、帰り道に他のA級の魔物が数体現れたので、喜々として戦っていたのだった。


というわけで、昼過ぎには神都へと戻ったのだが、俺たちがエルダートレントの討伐証明を提出すると、冒険者ギルドは大騒ぎになった。

特に最初に俺たちから討伐証明を渡された受付嬢は、目を見開いていた。

「なんでゴブリンの巣の掃討依頼が、エルダートレントや他のA級の魔物を討伐することになるんですか⁉」

「いや、ゴブリンの巣もあっさり潰せたし、時間が余って散策してたら、皆の実力試しに丁度いい感じの奴らがいたから」

「……」

俺が何を言っているのか理解ができない様子の受付嬢。

少しの間フリーズしていた彼女だったが、しばらくすると我を取り戻し、質問してきた。

「えっと、その『皆』というのは？」

その質問に俺は首を横に振って否定した。

「この四人だ」

俺はフィーネ、アイリス、アーシャ、クゼルへと視線を向けた。

クゼルは元々Aランクだから特に疑問はないようだが、他の三人については、まだまだ冒険者ランクは高くないので不思議そうにしている。

「クゼルさんなら可能だと思いますが……」

「他の三人も、実力はAランク冒険者に後れを取らないぞ。むしろ、一対一なら勝てるかもしれないな」

ますます信じられないという顔をする受付嬢だが、納得してくれたのか、とりあえずギルドマスターに伝えておくと言った。

そして午前中と言っておきながら、午後も用がなかった俺たちは、引き続き別の依頼を受けることにしたのだった。

　夕方、再びいくつかの討伐依頼と、たまたま遭遇したA級の魔物の討伐を済ませてギルドへと戻った。

　受付嬢は「またA級の魔物が……」とか言って遠い目をしていたが、気にせずに報酬を貰って宿に戻ることにする。

「ふー、今日はいい汗をかいたわ」

「ですね。なんか久しぶりに依頼を受けた気がしました」

「私は手応えがなさすぎてつまらんかったがな」

　そう言っていたのはアイリス、フィーネ、クゼルであった。

「まぁ、そう言うなよ。さっさと宿に戻って飯を食おうぜ」

「もうお腹がペコペコですよ」

　エフィルの発言に全員が頷き、俺たちは帰路を急ぐのだった。

◇　◇　◇

　晴人たちが宿に戻った頃、イルミナは大聖堂で祈りを捧げていた。

「……様、イルミナ様」

集中していた彼女の背中に、不意に声が掛けられる。

お祈りを中断したイルミナが振り返ると、そこには見知った顔があった。

「……アルベン枢機卿？　どうしました？」

「例の件について、少々お話が。新たな情報が手に入りました」

その言葉でイルミナの表情が強ばった。

「ここでは誰に聞かれるかわかりません。お部屋でお話ししましょう」

「そうですね。場所を変えましょう」

提案するアルベンに頷き、イルミナは彼の後に付いていく。

「――こちらのお部屋にしましょう。リーベルト教皇陛下もお連れしますので、しばらくお待ちください」

「わかりました」

アルベン枢機卿が一礼し、部屋を出て行く。

イルミナはリーベルトを待つ間、アルベンの報告とはどんなものなのか、そしてどうすればこれ以上の被害を抑えることができるのかを考える。

しかしそこで、ふと異変に気が付いた。

「――ッ!?　これは結界!?」

突然、部屋を囲うようにして結界を張られたのだ。

そして同時に、助けを呼べないことも悟った。

防音効果があり、さらに内側からの人の出入りも制限する効果がある結界だったのだ。

複数人で発動可能なこの結界が、なぜ大聖堂の内部、しかも自分がいる部屋を対象に張られたのか。

考えを巡らせるイルミナだが、その思考は中断させられる。

なぜなら――

「誰ですか！」

天井から、黒ずくめの集団が現れたからだ。

イルミナは咄嗟に、この集団が今回の行方不明事件に関わる組織だと直感する。

実際にその直感は当たっており、イルミナが身を守ろうと光魔法を発動したのは悪い判断ではなかった。

しかし、魔法を発動するには一歩遅かった。

「なん、ですか……？　急に、意識、が――……」

イルミナは強烈な眠気に襲われ、意識を失ったのだ。

その理由は、無味無臭の睡眠剤の散布によるもの。黒ずくめの集団は、姿を現す前に手を打っていたのだ。

「——標的の沈黙を確認。回収するぞ」

一人がそう言うと、黒ずくめの集団は張られていた結界を解除し、イルミナを抱えてその場から消えるのだった。


それから少しして、アルベンに連れられて部屋にやってきたリーベルトが事態に気付き、大聖堂は騒然となる。

窓が開け放たれていることから、イルミナが敵に連れ去られたとリーベルトは判断した。

このことはすぐに騎士団へと伝わり、イルミナの捜索が早急に行われた。

「なぜ、このようなことに……」

力なく椅子《いす》に座ったリーベルトが嘆いた。

「イルミナ、どうか無事に……神よ、イルミナをお守りください」

愛娘《まなむすめ》の無事を祈るリーベルトに、アルベンが声をかける。

「私が悪かったのです……護衛の騎士でも付けておけば……」

「悪いのはアルベン枢機卿ではありません。イルミナを攫《さら》った者たちなのですから」

「申し訳ございません……」

頭を下げるアルベン。

「私も捜索に加わってまいります」

「……お願いします、アルベン枢機卿」

「はい。必ず私たちが捜し出して見せます」

そう言ってアルベンは部屋を退出する。

一人残ったリーベルトは、事態の深刻さに頭を悩ませた。

既に騎士団は動かしており、箝口令《かんこうれい》を敷くには事態が大きくなりすぎている。

どうすればイルミナを、そして他にもいる攫われた人々を助けられるか、リーベルトは必死で考える。

ふとその時、イルミナがある人物について話していたことを思い出した。

その人物とは――

「……そうか、ＥＸランク冒険者のハルト殿ならもしや」

ＥＸランクにして、世界最強の冒険者。そんな人物がこの神都にいるのだ。

あのアイリス王女の婚約者ならば力になってくれるのでは？

そう考えたリーベルトは行動に移すことにした。

相手は冒険者、どんな報酬を要求されるかわからないが、今回ばかりは頼らずにはいられない。

リーベルトはペンを取る。

冒険者ハルトに緊急指名依頼として、イルミナと行方不明となった者たちの救助の依頼をするのだ。

書き上がった紙を封に入れて鈴を鳴らすと、近くにいたシスターが駆け寄ってきた。

「教皇陛下、お呼びでしょうか？」

「これを至急、冒険者ギルドのギルドマスターへ渡してきてください。指名依頼です。その人が大聖堂に来ましたら、こちらへお連れするように」

「拝命しました」

リーベルトの声色から緊急だと悟ったシスターは、駆け足で冒険者ギルドへと向かうのだった。

第7話　緊急事態発生

俺、ハルトが夕食を終え、皆と雑談をしていると、テーブルに置いていた俺のギルドカードが突然光り出した。

「これは……緊急クエストか？」

確か以前、ペルディスの王都の北方に大量の魔物が現れた時も、こうやってカードが発光して、緊急依頼を告げられたっけ。

そう思ってフィーネたちの方を見るが——

「いえ。私たちのカードは光ってませんよ？」

代表してフィーネが答えた。

どうやら光っているのは俺のカードだけみたいだ。

「なんで俺だけ？」

「わかりません」

とりあえずカードを確認をして——目を見開いた。

「ハルトどうしたの？」

俺の表情を見たアイリスが尋ねる。

「緊急指名依頼、だってよ」

「緊急指名依頼？」

すぐに俺は、その依頼の内容を確認する。

カードに映し出された内容はこうだ。

緊急指名依頼
依頼主　　：リーベルト・ハイリヒ
指名冒険者：結城晴人
依頼内容　：聖女イルミナが突然消えた。
　これは一刻を争う事態である。

確認をしたら直《ただ》ちに冒険者ギルドまで来ること。

報酬：不明

一瞬思考が停止した。

イルミナが消えた？　そんなまさか。

カードを覗き込んでいた全員が、俺と同じように硬直し、アイリスがやっとの思いで口を開いた。

「い、イルミナが消えた……は、ハルト!!」

「とんでもない緊急事態だ。聖女が消えるなんて、特にな」

狙われたのか？　一体誰に？　それに大聖堂なんて、警備がしっかりしているはずでは？

……いや、考えるよりまずは冒険者ギルドに行くべきだな。

「今回は俺一人で行く。相手がわからない以上、皆を危険に晒《さら》せない……ああ、ゼロは来るか？

どうせ退屈してたんだろ？」

十分な実力を持ち、なんらかの非常事態があっても対応できるゼロだけはついてきても問題ないと考え、そう問いかける。

「いえ、久しぶりの外の景色ですから退屈はしておりません」

「なら来ないのか？」

来ないなら来ないで皆を守ってもらいたいところだが……

「いえ。お供いたします。なにやら楽しそうな予感がしますので」

ゼロが言う『楽しい』ってのは、強敵と戦えるとかそういうことだろう。

「そうか。なら行くとしよう」

俺が立ち上がり行こうとすると、アイリスから声がかけられた。

「ハルト……」

「ん？」

「イルミナを助けてあげて！　私の大切な友達なの！」

アイリスの目からは、涙がこぼれ落ちそうになっていた。

とても大事な人だから、それだけ心配しているということだろう。

アイリスとイルミナが言葉を交わしていた様子を見れば、それは十分に感じ取れた。

きっとアイリスは、本当は自分も向かいたいと思っているはずだ。しかし自分に指名が来ていないのは足手纏いになりかねないからだと理解し、我慢しているのだろう。

俺はアイリスの頭を撫《な》でて、安心させるように笑う。

「任せろ。必ず助けてくる」

「あり、がとう……」

「何があるかわからない、皆も十二分に警戒してくれ」

頷く皆と目元を拭《ぬぐ》うアイリスを見て、俺はゼロと共に冒険者ギルドへと向かった。

ギルドに到着すると、時間も時間だからかガラガラで冒険者の姿はなく、いるのは職員くらいだった。

受付で冒険者カードを見せて尋ねると、受付嬢が緊張した様子で頭を下げてくる。

「お、お待ちしておりましたハルト様！」

まあ、教皇からの緊急指名依頼なんてそうそうあることじゃないだろうし、そうなるのも仕方ないか。

……多分俺相手だから、とかではないはずだ。

「そちらに座っておりますシスターが、大聖堂までお連れするようです。そこで教皇陛下から説明をお聞きください」

「わかった」

ひと通りの手続きを済ませた俺は、シスターへと声をかける。

「手続きは済んだ。案内を頼む」

「はい。では行きましょう」

シスターは立ち上がると、職員たちへ一礼をしてからギルドを出る。

対応が丁寧な人で、とても好感が持てるな。

「では走って行きます」

「わかった」

大聖堂に向かう途中、シスターはゼロを見て何か言いたそうにしていたが、何も言わなかった。

一室に通された俺とゼロが待つことしばし、リーベルト教皇を呼びに行ったシスターが戻ってきた。

彼女が開けたドアから、白い法衣を着た男性が現れる。

おそらく、彼が教皇なのだろう。

「はじめまして、教皇を務めています、リーベルト・ハイリヒと申します。イルミナの父でもありますが、お気軽にリーベルトとお呼びください……この度は依頼を受けていただき、心より感謝いたします」

頭を下げるリーベルトさんに俺も自己紹介をする。

「冒険者のハルトです。ハルトと呼び捨てにしていただいて構いません、リーベルトさん」

「では私もハルトさんと。それと堅苦しい話し方は不要です。冒険者の人は特に」

「わかった。ならいつも通り話させてもらう」

リーベルトさんは満足そうに頷く。

そして、俺の斜め後ろに控えるゼロを見て口を開いた。

「そちらは？」

「俺の執事だ。Sランク冒険者以上の実力があることは保証するよ」

ゼロは一歩前へ出て自己紹介をする。

「ハルト様の執事をしておりますゼロと申します。以後お見知りおきを」

「ゼロさんですね、お願いします。では説明の方を」

リーベルトさんはそう前置きして、事の経緯を説明する。

イルミナの失踪《しっそう》と、以前から不穏な動きがあったことに関してだ。

ひと通り話を聞いた俺はリーベルトさんに尋ねる。

「聖騎士は何をしているんだ？」

「現在は捜索に向かっています。ですが、まだ娘の所在は掴めていません」

悔しそうな顔をするリーベルトさん。

そこにノック音が聞こえてくる。

「ガウェイン・ハザークです。よろしいですか？」

「どうぞ、入ってください」

リーベルトさんがそう言うと扉が開き、白銀の鎧を身に付けた一人の騎士が入ってきた。

短いプラチナブロンドの髪に、空のように蒼い瞳。目鼻が整った美青年だ。

そのガウェインという人物は、俺とゼロを一瞥《いちべつ》するとリーベルトさんの元へ歩み寄り、膝を突く。

「どうしました？」

「神都をくまなく捜していますが、いまだイルミナ様の発見はできておりません」

「そう、ですか……」

イルミナはまだ見つからないようだ。リーベルトさんは目に見えて気落ちする。

「あの……」

「どうしましたか？」

ガウェインが俺とゼロを見て、不思議そうに声を上げる。

それで気付いたのか、リーベルトさんは俺たちを紹介してくれた。

「ガウェイン聖騎士団長には言っていませんでしたね。こちらは冒険者のハルトさんと、その執事のゼロさんです」

俺は自己紹介をする。

「初めまして。冒険者をしているハルトだ。今回はリーベルトさんの指名依頼で来た。俺のことはハルトと呼んでくれ」

「ハルトさんですか。私はベリフェール神聖国の聖騎士団長をしております、ガウェイン・ハザークと申します。私のこともガウェインとお呼びください。呼び捨てでけっこうです」

「わかった。よろしく、ガウェイン。それに『さん』は付けなくていい」

ゼロも自己紹介をする。

「ハルト様の執事をしています、ゼロと申します」

ガウェインは「よろしくお願いします」とゼロに言い、リーベルトさんへと顔を向けた。

「陛下。このハルトに指名依頼を？　まだ若いですが？」

「何を言っているのです。ハルトさんはあのＥＸランクの冒険者ですよ。あなたも名前を知っているでしょう？」

それを聞いたガウェインは、驚きの目を向けてきた。

俺は冒険者カードを出して証明する。

「ほ、本当なんですね。ということはハルトにも捜索を？」

ガウェインの言葉に肯定するリーベルトさん。

「そうです。ハルトさん、お願いできますか？　報酬に関しては、望む物をなんでもお渡しします」

「陛下、流石にそれは！」

「いいのです。イルミナのためです」

二人はどうやら、俺が多大な金品を要求すると勘違いしているようだ。

俺はすかさず口を挟む。

「別に何もいらないぞ？　アイリスから、友達を助けてくれって言われたからな」

「アイリス？」

ガウェインが突然出てきた名前に首を傾げ、一方でリーベルトさんはいいのか？　と言いたげに俺を見ている。

リーベルトさんは、イルミナから俺とアイリスの関係を聞いてるんだろうな。

俺が頷いてみせると、リーベルトさんはガウェインに説明してくれた。

「アイリス様とは、ペルディス王国の第一王女のことです。それと、イルミナから聞いた話では、ハルトさんの婚約者でもあるとか……」

「ああ、その通りだ」

それを聞いたガウェインは驚き、再び俺を見る。

驚いてばかりだな。

「それは……ハルト、先の無礼を許してくれ」

一国の王女を呼び捨てにしたことに関してだろう、ガウェインは頭を下げた。

「構わんさ。頭を上げてくれ」

別にアイリスも気にしないだろうし、俺はそう言ってガウェインの頭を上げさせる。

それにしても、こうやってすぐに頭を下げてくるなんて、ガウェインはなかなかいい奴のようだ。イケメンだし、さぞモテるんだろうな？

そんなことを考えていると、リーベルトさんが俺に向かって口を開く。

「それではハルトさん、ガウェイン聖騎士団長と共に、捜索に加わっていただけますか？」

捜索、か。

おそらく、騎士たちは足でイルミナの居場所を捜していているんだろうが、俺ならマップで見つけられるはずだ。

イルミナの所在がわかるか、エリスに聞いてみる。

《はい、マスター。イルミナ・ハイリヒの所在を探索中……判明しました。マップをご覧くださ
い》

俺が言われるがままにマップを確認すると、確かに赤い点が印《しる》されていた。

しかしこれは……

「捜索か、その必要はない」

「ハルトッ！　どういうことだ！」

「ハルトさん、それはどういうことですか……？」

ガウェインは声を荒らげ俺を睨み、リーベルトさんは不思議そうに尋ねてくる。

俺はリーベルトさんの真剣な目を見据えて答えた。

「場所がわかっていて捜索なんてなんの意味があるんだ？」

「「なっ⁉」」

この時間まで騎士団を総動員して捜し出せていないのに、ものの数秒で見つけた俺に驚くリーベルトさんとガウェイン。

ガウェインが身構えつつ尋ねてくる。

「なぜ居場所を知っているのだ？　まさかハルトも犯人の一味なのか？」

あ、そうか。そう思われても仕方ないか。

俺は慌てて首を横に振る。

「いやいや、俺のスキルにそういうのがあるんだよ。ちなみに場所はここから西にある建物。多分地下だろうな」

「なぜそこまでわかるのだ？」

誤魔化してもしょうがない。

「言っただろ。俺のスキルだよ。どんな能力か詳しくは話せないが」

「……いや、冒険者なら隠したいのもわかる。だが今回ばかりは助かった。早く案内してくれ」

「わかってる」

俺の言葉に納得してくれたのか、ガウェインはリーベルトさんに向き直る。

「それでは教皇陛下、私も行って参ります！」

「頼みました」

そう返すリーベルトさん。

俺も席から立ち上がる。

「――さあ、仕事の時間だ」

そう言い放ち、俺とゼロガウェインの三名は部屋を出て行くのだった。

俺たちは大聖堂を出ると、イルミナがいるという方向へ走り出す。

そうだ。一応エリスに、イルミナがまだ生きているかどうか確認しないと。

《はい、まだイルミナの生存を確認しております》

よかった、それだけ聞ければ大丈夫だ。

あとどれくらいで着きそうなんだ？

《最短ルートを割り出します……完了です》

即座にマップ上にルートが表示され、それに沿って俺は動く。

「こっちだ」

夜なので人通りがまったくない。昼間はあれだけの活気があったのに、今は不気味なくらいだ。

街中には、聖騎士が動きまわっているのか、時々鎧が反射したような光が見えた。

イルミナがいるという建物に数百メートルという位置まで近付くと、マップと気配察知に複数人の反応があった。おそらく、あの建物を警護しているのだろう。

俺たちの正面にいるのは三人か。

「人がいるな」

ガウェインもゼロも気付いていたようで頷く。

慎重に進んでいたのだが、ある程度の距離になったところで、向こうも俺たち三人に気が付いたようだ。

ちらりと横を見れば、ガウェインの銀色の鎧が月光にきらめいている。

「ガウェインのその鎧でバレたんじゃ……？」

「そ、そんなわけない……はずだ‼」

いやだって、アイツの目線は完全にお前を捉えてるぞ……

すると男の一人が焦ったような声を上げた。

「が、ガウェイン聖騎士団長⁉　なぜ奴がここに！」

「なに⁉　計画がもうバレたのか⁉」

「クソッ、奴らを始末するぞ！」

やはりあいつらは敵みたいだな。

「バレたのはガウェインのせいなんだから、奴らの相手は頼んだぞ」

「お、おい！」

俺がふざけてそう言うと、ガウェインはすかさず突っ込んできた。

「ったく、わかったよ。向こうも三人だし、一人ずつ仕留めるか」

「わかった」

「わかりました」

俺たちは一瞬で敵に詰め寄り、無力化に成功した。

俺とガウェインは気絶させるに留めていたが、ゼロはあっさりと息の根を止めていた。

「流石ゼロだ。容赦ないな」

「お褒めの言葉として受け取っても？」

「ああ、褒めてんだよ」

「有り難き幸せです」

そんなやり取りを聞いていたガウェインが口を開く。

「ほ、本当に執事なのか？　私よりも動きが早かった気がするんだが……」

「気のせいだろ」

ゼロの正体を話すのも面倒なので、はぐらかすことにする。

「……そうか？」

「ああ。まったく、ボサっとすんなよ。早く行くぞ」

「わ、わかった」

ちょっと怪しんでるみたいだけど、とりあえずこれで誤魔化せたかな？

さらに建物に近付くと、武装した連中が見張りに立っている。しかも俺たちが三人を倒した時の声が聞こえていたのか、異常に気付いた者もいるようだ。

「少し数が多いな、手分けして片付けよう。そのまま建物の入口の手前……あっちの建物の陰で合流だ。できるだけ敵の数を減らすように」

「わかった」

「はっ」

俺の言葉で、ガウェインは右に、ゼロは左に駆けていく。

建物までの距離はそう遠くはないが、いかんせん敵の数が多い。

敵全体の数を減らすには、やはりこの方法が一番だな。

俺は近くの敵を倒しながら、順調に進んでいく。

気配察知から一つ、また一つと人の気配が消える中、俺は進み続け、合流地点へと辿り着いた。

それから少ししてゼロ、次にガウェインが到着する。

「大丈夫だったか？」

「はい、問題ありません」

「こちらも問題なかった」

さて、これであとはあの建物に入るだけだが……

「建物周辺の連中だな。このまま魔法で確実に仕留めるか」

「できるのか？」

「ああ」

「ならそうした方がいい。さすがにあんなところで動きまわっていたら、中の連中にも気取《けど》られるだろうからな」

ガウェインも同意したところで、俺は思考加速のスキルを発動する。

マップを見る限り、敵の人数は十二人。建物の四方に二人ずつと、その中間をカバーするようにそれぞれ一人ずつ配置されている。

まず爆発系は論外だ。音だけでバレてしまう。

それから炎属性や光属性も明るさで気付かれてしまうだろう。

となれば、風系や氷系の魔法がいいか？

思考加速を解除した俺は、ガウェインにも尋ねる。

聖騎士団長として部下を持つ彼なら、こういった状況にも慣れているだろうから意見を聞きたい。

「ガウェイン、どうした方がいいと思う？」

「難しいな。上空から行けるか？」

その手があったか！

確かに上の見張りはいないし、上手く隙を突けば潜入できるだろう。

「なるほどな、俺一人なら問題ないと思うが……そっちはどうするんだ？」

俺の言葉に、ガウェインが頷いた。

「私が敵を引き付けよう。時間稼ぎにはなるはずだ」

「わかった。ゼロはガウェインを援護してやってくれ」

「承りました」

優雅に一礼するゼロ。俺はガウェインに言う。

「ゼロは強いから好きに使ってくれ」

「わかった」

ガウェインが頷くのを確認した俺はその場から離れる。そしてすかさず、姿を消すスキルであるステルスと気配遮断のスキル、そして空中を歩くスキル天歩《てんほ》を駆使して、目的の建物の二階、窓の開いている部屋に降り立った。

あとは頼むぜ、ガウェインとゼロ。

建物の外の敵を受け持ってくれたガウェインに心の中で感謝しつつ、人数は少ないながらも二階を警備している者たちを仕留めていく。

少しして二階の制圧が完了し、同時に腹に響くような音が周囲に轟《とどろ》いた。

どうやら向こうも始めたようだ。

◇　◇　◇

ガウェインは晴人が去ったのを見届けると、ゼロに向き直り確認する。

「ゼロ殿は爆発系の魔法は使えますか？」

「はい」

「では、もう少し経ったら、上空に放っていただけませんか？　建物内の敵を少しでも外に出させたいので」

「わかりました」

こうすることで、晴人が下の階に行きやすくなるだろうと思ってのことである。

ゼロも意図を察して素直に従い、魔法の準備をしていたが、その高まる魔力を感じ取ったガウェインは、内心冷や汗を流していた。

強いことはわかっていたが、まさかここまで魔力量が多いとは思っていなかったのだ。もし彼や晴人と敵対していたら……そう考えると、今は味方であることに、心の底から安堵《あんど》していた。

「ではいきます──大爆発《エクスプロージョン》」

ゼロが放った魔法は、はるか上空で轟《ごう》っと大きく爆ぜた。

その威力はガウェインの知る大爆発《エクスプロージョン》ではなかった。もしあれがあんな上空ではなく神都の近くで発動していたらと、ガウェインは冷や汗を流す。

「これでよろしいでしょうか？」

「あ、ああ……ありがとう」

ゼロはガウェインの戸惑いに気が付いていたが、あえて触れない。今は不要なことだから。

ガウェインは口を開き、大きな声で告げた。

敵の視線を、注意をこちらに引きつけるために。

「私は聖騎士団長ガウェイン・ハザークである！　貴様等は既に聖騎士団によって包囲されている！　抵抗せずに投降せよ！」

そう言ってガウェインは上空へ向けて光の玉を打ち上げた。それは照明弾のように建物周辺を明るく染め上げる。

この光の玉は、聖騎士団を集合させるための合図でもある。

街中を捜索していた聖騎士たちは、一目散にその光の下へと向かうのだった。

第8話　イルミナと悪魔教団

その頃、晴人たちが目指していた建物の地下室で、イルミナは目を覚ました。

「……ここは、どこ？」

思い出すように口に出す。

「たしか、アルベン枢機卿に言われて待っていたら何者かが部屋に――これは一体！」

そこで彼女は、自身の手と足を拘束するように鎖が巻き付いていることに気付いた。

動かそうとしても動かせず、魔法で鎖を断ち切ろうと試みるが……

「……な、なんで、なんで魔法が発動しないの？」

魔法が発動しないことに戸惑い、焦るイルミナ。

魔力を込めようとすると、すぐに霧散してしまうのだ。

しかしそこで、ある魔法具が思い浮かんだ。

「これは魔封じの鎖……？」

『魔封じの鎖』とは、触れている者の魔力の集中を阻害し、魔法を発動できなくさせるもの。

使い方によっては危険なため、入手困難とされているが、それがイルミナの手足を縛っていた。

力ずくで抜け出そうとして動かしても、鎖はガシャガシャと音を立てるだけでビクともしない。

なんとか起き上がり、周囲を確認するが何もない。

そこでふと、壁一面に赤い何かで文字が書かれていることに気付いた。

「……魔法、陣？」

淡く赤い光を放つ、部屋の床全体に広がる大きな魔法陣。

そこでようやく、先ほどからずっと、体から何かが抜けていくことに気付く。

「もしかして、私の生命力と魔力を、吸っている、の……？」

そしてイルミナは思い当たった。

これが何の魔法陣なのかを。

今起きている騒動と照らし合わせると、これは――

「悪魔召喚の魔法陣？　それにしてもこれ程の規模となれば、上位、いや、それよりも高位の、最上位悪魔……？」

もし召喚されるのが最上位悪魔であれば、神都は相当まずい状況になる。半壊で済めばマシな方

だろう。

この召喚を食い止めるにはここから抜け出さなければならない。だが無理をして死んでしまっては召喚が早まるだけになってしまう。

そんなことを考えているイルミナの耳に、扉が開かれる音が届いた。

その音につられて顔を向けると、黒い法衣に身を包んだ人物が入室してきた。

おそらくあれが黒幕だろうと、イルミナは睨みつける。

「聖女様、お目覚めになりましたか？」

フードでよく見えないものの、イルミナはその声に聞き覚えがあった。

つい最近——否。気を失う直前に聞いた声。

「アルベン、枢機卿……？」

「そうです、イルミナ様」

アルベンはイルミナの目の前でフードを外す。

イルミナの表情が、驚愕に染まった。

一連の事件の調査を任せ、信頼していたアルベンが、敵の正体だったからだ。

「なぜです！　なぜこのようなことをするのですか、アルベン枢機卿！」

問われたアルベンは、黒い笑みを浮かべながら答える。

「なぜかですって？　そりゃ私は元々悪魔崇拝者であり、今の騒動を引き起こしている教団、悪魔教団の一員だからですよ」

「……そ、そんな、あなたみたいな立派な人が悪魔崇拝だなんて……」

「私は元々そうでしたよ？　いや、正確には十八歳からでしたね。大切な人に裏切られて、両親を殺され、私は神を恨んだ。なぜ私だけこのような運命を歩まなければいけないのか……とね。まあ、私を裏切った者は騎士によって殺されましたが」

「それは……」

慰めることはイルミナにはできなかった。

聖女として育てられた彼女が何を言っても、神を恨む彼には無意味だと感じたからだ。

「そこから私は、悪魔を崇拝するようになったのです」

それがアルベンの過去だった。

「それでも、それでも神は――」

「助けてくれるのですか？　救ってくれるのですか？　死んだ者を生き返らせてくれるのですか？」

「それは……」

「できないでしょう？　高みの見物をしている神にはね。ならば、代償さえ捧げれば願いを叶えてくれる悪魔の方が、私にとって崇拝すべき存在……神よりも神らしいではないですか」

イルミナは何も言えなかった。

「で、ですが……」

「うるさいですね。少しは静かにしてください――ねっ！」

「かはっ……アル、ベン枢機卿？」

イルミナは息を吐くと同時に、腹部に熱を感じる。

視線を落とせば、アルベンの手に握られたナイフと、血が流れ出る真新しい傷が目に入った。

イルミナの血は地面を伝い、魔法陣に触れ――その途端、魔法陣が輝きが増す。

「いッ！　ど、どう、して……？」

「ふむ。もう十分ですかね？　あなた以外にも生贄はいますが、やはりあなたの血を使うと魔法陣の輝きは強くなる……ああ、安心してください。あなたを殺しはしません。また次の召喚に利用するのですから」

アルベンはその言葉通り、このままイルミナを生かしておくことで定期的に血を使い、悪魔を召喚するつもりなのだ。

そのことに気付いたイルミナは、顔を引《ひ》き攣《つ》らせる。

しかしそこで、部屋の外から爆発音が響き、建物が揺れたのが分かった。

「何事だ!?　まさかもう気付かれたのか!?　いくらなんでも早すぎる！」

そう言ってアルベンは、慌てて部屋を出ていく。

「待っ、いッ……助け、なの？」

イルミナは朦朧《もうろう》とする意識をつなぎ止め、助けだとしたら誰なのかを考える。

普通に考えれば聖騎士団だが、さっきの爆発音は相当の威力の魔法のはず。聖騎士にあんな威力の魔法を使う者はいないはずだが……

そこまで考えたところで、とある人物が思い当たった。

友人であるペルディス王国王女アイリスの婚約者であり、世界最強の冒険者――晴人だ。

「でも、なん……で？」

イルミナは、なぜ晴人が動いたのか考えようとしたが、答えは出てこない。


同じ頃、その建物の一部屋で、円卓を囲んで座る五人の人影があった。

外で起こった爆発音に報告に来た部下が、周囲の見張りが壊滅状態にあることと、聖騎士が集まり始めていることを報告する。

その瞬間、一人が声を荒らげた。

「どうするのだ！　こんなにも早くバレることはなかったはずだ！　このタイミングということは、貴様のせいだろう！」

そうだそうだと他からも声が上がるが、アルベンは怒鳴り返す。

「私は計画通りにしただけだ！　それに貴様たちもこの計画に反対しなかっただろう！　それにまだ計画失敗はしておらんではないか！」

まだ計画は順調に進んでいる、こんなところで終わることはできない。

そう思ってのアルベンの言葉だったが、他の者は聞く耳を持たない。

「私たちは先に逃げさせてもらう！　この責任は貴様が取ると言ったな。忘れてはおらんよな？」

「……もちろんだ」

アルベンは苦々しく思いつつ頷く。

「では私たちは――」

アルベン以外の四人が立ち上がり、そのうちの一人が「逃げさせてもう」と言おうとしたところで、アルベンが口を挟んだ。

「待て」

「なんだ？　まだ何かあるのか？」

「計画は失敗ではないか」

「最強の聖騎士が相手ではな」

「そうだ。我らの戦力では立ち向かえんのだ」

口々に無理、失敗だと口にする四人。

そんな彼らに、アルベンは首を横に振った。

「先ほど見てきたが召喚が近い。光の強さから見て最上位悪魔で間違いないだろう」

アルベンのその発言に、立ち去ろうとしていた者たちが足を止めた。

「なんと！」

四人がその顔に喜色を浮かべる一方、アルベンは彼らに気付かれぬようニヤリと笑う。

「ああ、だが生贄がいないのだ」

「生贄？　あの聖女ではないのか？」

その言葉にアルベンは答える。

「違う。聖女の血は少しあれば十分なのだ。加えて、より多くの生贄がいなければ、悪魔は長く顕現しないだろう」

「なら、集まってくる聖騎士を使うか？」

「いや、それはリスクが高いだろう。こんなこともあろうかと、人は集めてあるのだ」

「なに？」

「集めてある？」

その言葉にアルベンは頷く。

「聖女がいる部屋の上には檻《おり》があって、そこに誘拐してきた者どもを集めているだろう？　それ以外にも、生贄を志願した連中を集めているのだよ」

これは事実だった。

彼らが誘拐してきた者たちに加え、悪魔教団のメンバーのうち、自らを悪魔に捧げると志願した者もいて、それらを含めると人数は約二十名いた。

それを聞いた四人は邪悪な笑みを浮かべ、アルベンは言葉を続ける。

「ここももう持ちそうにないだろうが、魔法陣の輝き方からすると、あとは生贄となる連中をあの部屋に落とし、詠唱《えいしょう》を行なえば悪魔は出てくるはずだ。無論、聖女はまだ使えるから一度避難させるがな。そなたらも召喚には付き合ってもらうぞ」

そう作戦を伝えると、一同は「もちろんだ」と笑みを浮かべて頷いた。

アルベンら五人と数人の配下が地下室に向かうと、彼らの姿を見たイルミナがキッと睨みつける。

「お～、怖い怖い。聖女様がそのような顔をしてはなりませんよ」

アルベンがおどけて言うと、イルミナはますます表情を険しくする。

「一体誰のせいだというのですか！」

「それを言われますと耳が痛い」

腹立たしく思うイルミナだが、どうすることもできなかった。

すると、アルベンが口を開く。

「あなたの血はもう十分です。なので、あとは生贄になる者たちをここに連れてくるだけです」

アルベンが指示を出すと天井が開き、上から檻が降りてきた。

突然の事態に、イルミナは目を見開く。

「なっ！　これは!?」

「おわかりですよね？　これは生贄……最近の失踪事件の被害者たちですよ」

「そんなことをしていいと思っているのですか！」

「いいに決まってます。我らの悲願なのですから」

そんなアルベンの言葉に、他の四人も同意するように笑う。

「彼等を解放しなさい！」

イルミナはそう叫ぶが、アルベンは取り合わずに配下に命じる。

「彼女をこの部屋から移動させなさい」

アルベンの指示で、教団の者たちがイルミナを抱える。

「は、離しなさい！　早く彼等を解放しなさい！」

腹に傷を負い、力を魔法陣に吸われている彼女は、抵抗すらできない。

唯一できるのは叫ぶことのみ。

そんな彼女の悲痛な声を聞いても、檻の中の生贄たちは反応を見せず、ただ突っ立っているのみだった。その目は虚空《こくう》を見つめている。

「彼等に何をしたの⁉」

それに気付いたイルミナが叫ぶと、仕方ないとばかりにアルベンが答えた。

「魔法で私たちの言うことを聞くようにしているだけですよ」

「——なっ⁉」

絶句するイルミナは、そのまま部屋から連れ出される。

そしてまた別の牢獄《ろうごく》のような部屋に閉じ込められてしまった。

もはや彼女にできることは、誰かがきっと、この最悪な状況をなんとかしてくれると信じ、祈ることのみだった。


イルミナがいなくなった部屋では、アルベンが配下に命令を下していた。

「彼等を檻から出して魔法陣の中心まで集めるのです」

教団の者が檻の扉を開けると、生贄たちは虚ろな目をしたままゾロゾロと移動する。

「とうとうですな」

「我らの悲願がついに……」

「これで悪魔を召喚できる」

「やっと、ですか……」

口々にそう言って口元を歪《ゆが》める四人。

「さて、始めるとしましょう。役者は揃《そろ》った。陣の上へと移動しなさい」

アルベンの言葉が合図となった。

檻から出た者たちが魔法陣の中心へと集まって、アルベンたち教団の者はその周囲を囲む。

そしてアルベンたちは、両手のひらを前に掲げ、呪文《じゅもん》を詠唱し始めた。

数分をかけた長い詠唱が終わり、アルベンが声を張り上げた。

「――最上位悪魔召喚門《サモン・デビルズゲート》!」

その言葉と同時に、魔法陣の輝きがより一層増した。

そして、魔法陣の中心にいた者たちは力なく床に倒れ伏す。魂を抜き取られたのだ。

魔法陣の光は中心へと収束し、そこから黒い靄《もや》が立ちのぼる。

靄は直径一メートルほどの柱となって天井に届き、やがてその中に、人影が浮かび上がってきた。

それを見たアルベンたちは、喜びの声を上げる。

「ついに、ついに成功した！」

「とうとうだ！　とうとう成功したのだ！」

するとその声に応えるように、靄の中にうっすらと浮かぶ人影が声を発した。

「フフッ、人間の分際でこの私を呼び出すとは……」

次の瞬間、一気に靄が晴れ――悪魔が顕現した。

黒を基調とした貴族風の上品な服に、グレーのミディアムヘアと漆黒の瞳。そして特徴的なのは、背中から生えたコウモリのような羽と頭から生える黒い角、そしてやや尖《とが》った耳だった。

悪魔が周囲を見回していると、アルベンが口を開く。

「悪魔よ、我らの願いをお聞きください！」

「フフッ、いいでしょう」

その言葉に笑みを浮かべたアルベンは、教団の願いを告げる。

「この神都を滅ぼすのだ！」

「――いいでしょう。それにしても、久しぶりの現世です。これだけの贄では、持って二日というところでしょうか。力を使えば一日……そうですね、足りない分はあなたたちからいただくとしましょうか」

それを聞いた途端、アルベンたちは顔色を変え、すぐに逃げようとする。

しかし彼らは一瞬にして、魔法によって生み出された黒い鎖に拘束されて、身動きが取れなくなった。

「何をする!?　は、放せ！」

「早く放さないか！」

「我らは関係ないだろう!?」

「その通り、関係ないはずだ！」

「我らは召喚主だぞ！」

アルベンたちは口々にそう喚く。

だが、悪魔は愉快そうに嗤《わら》い口元を歪める。

「フフッ、いえいえ。関係ありますとも。この私に命令したのです。贄は召喚の代償。命令を聞くのに対価が必要です。まさかとは思いますが、対価なしに私に命令できるとでもお思いですか？まさか忘れていたとでも？」

悪魔の全身から溢れ出す、黒く禍々《まがまが》しいオーラ。

「ひ、ヒィィィッ！」

恐怖に顔を歪ませるアルベンたちだが、体を動かすことすらできない。

「では頂戴《ちょうだい》します」

「ま、待て――」

アルベンのその言葉を最後に、悪魔以外にこの部屋で動く者はいなくなった。

「フフフッ、まだ足りませんねぇ。ですが願いは叶えて差し上げましょう。私は約束は守る主義ですから」

悪魔はそう言って、まずは周辺にいる者を探知する。

数人の反応があったが、そこで悪魔は喜びの声を上げた。

「まだいるじゃないですか。弱った女が一人と――ッ!?　おやおや。私が楽しめそうな人がいるではないですか。ですが、先に約束を果たすとしましょうか」

そう言って悪魔は部屋から消えるのだった。

◇　◇　◇

俺、晴人はイルミナの反応がある地下へと向かっていた。

引き続きステルスと気配遮断のスキルを使いつつ、途中で見かけた教団の者はしっかり倒していく。

そのまま地下に進んだ俺は、イルミナの反応があった部屋の前に見張りが二人立っているのを見て、一度足を止めた。

どうやら別の部屋では複数人集まっているらしく、おそらくそちらが悪魔召喚の準備をしている部屋なのだろう。

しかしそちらの部屋の魔力がそこまで多くなさそうなことと、イルミナの反応が弱くなっていることから、まずはイルミナの方に向かうことにした。

俺は見張りの二人に急接近すると、雷魔法で感電させて気絶させた。

二人が倒れた音に気付いたのか、鉄製の扉の奥からイルミナの声が聞こえる。

「誰か、誰かいるのですか⁉」

「俺だ。晴人だ」

俺が答えると、イルミナは信じられないといった声を上げる。

「ハル、ト、さん……ですか？」

「待ってろ、すぐにここから出す」

「いえ！　早く、早く召喚を、止めなければ！」

「どういうことだ……？」

俺は扉に手を掛けたところで固まった。さっきの集団はおそらく悪魔召喚の準備をしているのだ

ろうと思ったが、まさかもう準備は終わっているのか⁉

「悪魔召喚を……早く、止めなければ！」

イルミナは必死な声でそう言うが、ここまで来たからには、イルミナを放ってはおけない。

「くっ、待ってろ、先に助ける！」

扉を開けようとするも、鍵《かぎ》がかかっているのかビクともしない。

チッ、時間を取らせやがって！

俺はすぐにスキル錬成を発動して鍵を解除する。

開いた扉の向こうでは、イルミナは弱々しい様子で壁から伸びた鎖に繋《つな》がれていた。

しかも、イルミナの腹部からは血が滲んでいる。

すぐに駆け寄った俺は、イルミナが繋がれている手足の鎖を切断しようと風魔法を放ったが、あっさり弾かれてしまった。

「どういうことだ？」

魔法が弾かれ困惑する俺に、イルミナが説明する。

「これは魔封じの鎖です。魔法攻撃は受け付けません」

「面倒臭いことをする」

魔法でダメならスキルはどうか、ということで錬成を発動してみると、鎖の連結を解除することができた。

確かにこの鎖、込めようとした魔力が霧散するな。

とりあえず異空間収納にしまえたので、あとで調べてみることにした。いい研究材料が手に入った。

すかさず俺は、弱りきった様子のイルミナを両手で支える。

「ありがとう、ございます……ですが、どうしてあなたがここに……？」

「話はあとだ」

説明している時間が惜しいので、イルミナに回復魔法をかける。

淡い光がイルミナを包み、腹部の傷が癒された。

「か、回復魔法を……？」

まさか回復魔法を使えるとは思っていなかったのか、イルミナがとても驚いているが、とにかく俺は聞きたいことがあった。

「それよりも状況を説明してくれ」

「は、はい！」

回復したことでまともに喋《しゃべ》れるようになったイルミナは現在の状況を語る。

「——ってことなんです。だから、だから早く、召喚を止めに！　私のことはいいので！」

「わかった」

悪魔召喚の準備が終わっていたとは……クソッ、見誤ったか。

急いで先ほどの部屋に向かおうとした瞬間、強大で禍々しい魔力の反応が突如として現れた。

……どうやら召喚を止めるのは間に合わなかったようだ。

イルミナも感じ取ったのだろう。顔が青白くなっていた。

「ま、まさか……そんな……」

「そのまさかだ。間に合わなかったようだ」

俺は間に合わなかったことに、内心で悪態《あくたい》をつく。

しかし、こうなってしまっては仕方ない。まずはイルミナを安全な場所に――大聖堂に送り届けないと。

第9話　悪魔と竜の激闘

悪魔はまず、自身が召喚された建物の上空に出現した。

「フフッ、ここは見晴らしがいいですねぇ……とりあえずこの神都とやらから逃げられないように致しますか――永久牢獄《エターナルプリズン》！」

そう唱えると同時に、神都を囲むようにして結界が発動した。

この結界によって、誰も神都の出入りができなくなる。

「これでよし……おや、あんなところに人間以外のものもいるようですね」

神都を見渡しながら、感知を行なっていた悪魔は、ゼロの存在に気付く。

「中々強いようですが、私ほどではありませんね……脅威となるのはあの男のみでしょう。しかしあの者は、最後のメインディッシュです。その前に、どうやって神都を滅ぼしてやりましょうか」

そんなことを呟きつつ、悪魔は先ほどの建物の前に降り立つ。

そしてそこで、おもむろに口を開いた。

「私に何か御用でしょうか？」

「……気配は消したつもりだったが。その禍々しい魔力。貴様、悪魔だな？」

「ええ、その通りです。あなたは？」

「私はこのベリフェール神聖国の聖騎士団長、ガウェイン・ハザーク」

そう名乗りを上げて、ガウェインが悪魔の前に現れる。

部下の聖騎士も既に建物近辺に集まっており、悪魔を取り囲んでいた。

悪魔はガウェインたちに向かって、丁寧に自己紹介をする。

「これはどうもご親切に。私には名前がないので、そうですねぇ……シュバルツとでもお呼びください」

「シュバルツ、か……一つ聞きたい」

「いいでしょう。ですが一つだけですよ？」

美丈夫の悪魔から放たれる尋常ではない気配に、ガウェインは冷や汗を流しつつ口を開く。

「お前を召喚した者たちはどうなった？」

「あの方たちですか」

「そうだ」

するとシュバルツは、にんまりと笑みを浮かべて答えた。

「――願いを叶える代わりに、魂をいただきましたよ」

嬉しそうに舌なめずりをするシュバルツを前にして、ガウェインは考える。

（こうして完全に顕現しているということは、ハルトはイルミナ様の救出に失敗したということだろうか……いや、おそらく召喚を止めるのに間に合わなかっただけで、イルミナ様は助け出したはずだ。そうであってくれ！）

ガウェインの祈るような予想は、実際のところ当たっている。

晴人は現在、イルミナをどうやって連れ出そうかと考えているところだった。

焦りを見せるガウェインを前に、シュバルツは微笑を浮かべる。

「さて、質問には答えましたし、こちらからも一つ、あなた方に忠告させていただきます」

「忠告、だと？」

ガウェインがそう問い返した途端、シュバルツから尋常ならざるプレッシャーが放たれる。

「――ッ!!」

「あなたたち程度では、この私を相手にしますと死にますよ？」

シュバルツは続ける。

「そもそもこの私の結界内に囚われた時点で終わっているのですよ」

「……どういうことだ？」

「この永久牢獄《エターナルプリズン》の中で死ぬと、その魂は私の中へ取り込まれるのです」

「なにッ!?」

驚愕するガウェインとその部下たちの前で、シュバルツは付け足す。

「加えて、敵対する者を私の思いのままに弱体化できるという効果もありましてね」

その瞬間、ガウェインたちは自分の身体から、何かがごっそりと抜け落ちるような感覚に襲われた。

今シュバルツが行なった弱体化は、敵対者の魔力やステータスを30％下げるというものだ。

一気に七割ほどの力に落とされ、ガウェインたちはよろめく。

しかし彼らはそれでも立ち上がり、目の前の強大な悪魔へ向かって剣を構えた。

「弱体化してもなお、この私と戦うのですか？」

「……無論だ。それが私たち、国を守る騎士としての義務だ！」

ガウェインの言葉に、シュバルツの表情から笑みがスッと消えた。

「つまらないですね。では死んで私の糧になってください——暗黒の境界線《ダークネス・ライン》」

シュバルツが手を横へと振り払うと、その軌跡に沿って一本の紫色の線が残る。

嫌な予感がしたガウェインは、しゃがみながら叫ぶ。

「障壁を張るかしゃがめ！」

ガウェインの声に、聖騎士は各々行動しようとするが——

「もう遅いですよ」

次の瞬間、二十人近くいる聖騎士の大半の胴体がゆっくりとズレ落ちた。

「——なっ⁉」

着ていた鎧ごと綺麗に切断されたのだ。

続けて、崩れ落ちる聖騎士の遺体から、光の玉のようなモノが浮き上がる。

その光の玉の正体、それは——

「あれが魂、なのか……？」

ガウェインが呟いた言葉にシュバルツが頷いた。

「ご名答」

次々とシュバルツの体内へ取り込まれていく魂を見て、ガウェインや生き残った聖騎士たちは恐怖で体を震わせる。中には恐怖から、剣を手放す者もいた。

「しっかりするんだ！　俺たちは国を守る騎士だ！　全員でかかるぞ！」

ガウェインのその言葉に、彼らは戦う意思を取り戻す。

生き残りはガウェインを含めて八人。それでも目の前の悪魔を倒さなくては国を守れない……いや、自身も生き残れないのだ。

聖騎士たちの目には覚悟が浮かんでいた。

「いいですねぇ、その魂。美味しくいただきましょう」

「ほざけ、悪魔がっ！　――行くぞ！」

残りの聖騎士たちはシュバルツを囲み、ガウェインが詠唱する。

「我、神に祈らん。聖なる力を持って邪悪を封じたまえ！　――八点結界《ホーリー・オクタゴン》！」

ガウェインを含めた聖騎士全員がそう唱えたのと同時、シュバルツの足元を中心にして、地面に幾何学模様の魔法陣が形成される。そしてその縁から光が立ち上がり、ドームで覆うようにしてシュバルツを結界内に捕らえた。

シュバルツはといえば、両手を握ったり開いたりして、感覚を確かめる。

「なるほど、聖なる結界ですか……少し弱体化しましたが、これでは無意味ですよ」

シュバルツが腕を振り払うと、結界はパリンッという音と共に破壊される。

この程度の結界、シュバルツにとっては存在しないのと同じだった。

「なん、だと……？　結界が、破壊された？」

目を見開くガウェインにシュバルツが告げた。

「こうやってしまえば結界はすぐに破壊できるんですよ、覚えておいてください……では授業料として、その魂をいただきましょう」

そう言い終えると同時、シュバルツの体がブレる。

「気を付けろ！」

そんなガウェインの警告は一足遅かった。

「ガハッ！」

一人の聖騎士が血を吐いた。

彼の背中から、鋭い爪《つめ》のようなものを生やした腕が突き出ていたのだ。

シュバルツが腹部へ突き刺した腕を引き抜くと、その聖騎士は崩れ落ちた。

「脆《もろ》い鎧ですね」

シュバルツがそう言って嘲笑《あざわら》い、死んだ騎士の魂が吸収されていった。

そんな光景に、ガウェインが怒号を上げる。

「――貴様が行っているのは死者への冒涜《ぼうとく》だ！」

「死者への冒涜？　私たち悪魔にとってはこれが普通ですが？」

「――貴様ッ‼」

ガウェインが怒りに任せてシュバルツへと斬りかかるが、それはシュバルツの爪によって簡単に防がれてしまう。

「弱体化しているあなたたちでは私には勝てませんよ……弱体化していなくても勝てませんが」

「そんなことはわかっている！」

「ではどうしてそこまで？」

「それは民を守るためだ！」

「つまらない理由ですね。そんなことに命を使うとは……あなた、馬鹿ですか？」

シュバルツはそう言って、ガウェインを蹴り飛ばす。

「かはっ⁉」

「では死んでください。誇り高き騎士よ」

シュバルツは一瞬でガウェインの目の前まで移動し、その鋭利な爪を振り上げた。

まさにシュバルツの命が断たれるその瞬間――

「団長を殺されてたまるか‼」

聖騎士の一人がそう叫んでガウェインの前に飛び出し、鎧ごと斬り裂かれた。

「ジェン‼」

ガウェインが斬り裂かれた騎士の名を叫ぶが、ジェンは力なく崩れ落ちる。

「ジェン、どうして俺なんかを……」

「団長、いや、ガウェイン。国を守ってく、れ――……」

共に戦ってきた仲間であり、友でもあった男を抱きかかえるガウェインに、ジェンは最後にそう言い残して命の火を燃やし尽くした。

するとジェンの行動を見て、他の聖騎士たちもガウェインを庇《かば》うように前へ出てきた。

「そこの男は、そこまでして守りたい者なんですか？」

シュバルツが心底不思議そうにそう問いかける。

「やめろ！　お前たちが無駄死にすることない！」

ガウェインはそう叫ぶが、聖騎士たちは振り返らずに答える。

「あんたが真っ先に死んだら、神都は、この国はどうなるんですか！」

「そうです！　神都を、民を守ってください！」

「あなたはこの国で最強の聖騎士なんです。あとは――頼みました！」

聖騎士たちはそう言い残し、一斉にシュバルツへと斬りかかった。

見る者がいれば、感動的なシーンに映っただろう。

しかしシュバルツにとってはどうでもいい会話でしかなかった。

「雑魚は邪魔ですよ――暗黒の境界線《ダークネス・ライン》！」

シュバルツが手を横へ払うと、向かっていった騎士たちは、同時に真っ二つに切断された。

崩れ落ちた聖騎士たちの死体から魂が浮かび上がり、シュバルツの中へ流れ込む。

その光景を見たガウェインは激昂《げきこう》した。

「貴様ァあああああああッ!!」

ガウェインが剣を握り締めるが――

「ガウェイン、無駄なことはしない方がいい」

そんな声が届いた。

咄嗟に立ち止まったガウェインとシュバルツが声の発された方――少し離れた空中を見上げる。

そこにいたのは――

「……ゼロ、殿？」

呆然と呟くガウェインの言葉通り、そこにいたのは最強の竜種――ゼロだった。

いつの間にか姿が見えなくなっていたことを思い出しつつ、ガウェインはゼロに言葉の意味を問う。

「ゼロ殿、それはどういった意味で？」

「……あなたにこの悪魔は倒せません。それに――もうじき我が主が来ます。それまでこの悪魔は私が相手をしましょう」

ゼロはそう言って、ガウェインの側へと降り立つ。

「それは聞き捨てなりませんね。あなたが私の相手ですか？」

シュバルツの口調は、不満を通り越して不機嫌さが際立っていた。

「不満ですか？」

「……まあいいでしょう。そこの騎士よりは楽しめそうですからね」

ゼロとシュバルツは互いに向き合う。

高まる魔力によって、空気がビリビリと震え出した。

しかしそこでガウェインが声を発する。

「ま、待ってくれ！」

「……まだ何か？」

ゼロは振り向かずにそう口を開いた。

ガウェインは、自分がシュバルツと戦うには何もかもが劣っていることはわかっていた。同時に、ゼロと共に戦おうにも、足手纏いでしかないということも。

だがそれでも、騎士としての矜持《きょうじ》が、自分だけ戦わないという選択を許さなかった。

「実力が足りないのはわかっている！　だが、散っていった者たちのためにも、俺は戦わなくてはいけないんだ！」

ガウェインの必死な言葉は、確かにゼロに届いていた。

しかしゼロも、このガウェインという男を死なせるわけにはいかないと考えていた。

「……それはできません。ここはあなたの居場所ではない。あなたのような男がここで死んではなりません。ここは私に任せて、できることをするのです」

ゼロは遠回しに、民を避難させろと言っているのだ。

その意味を理解したのか、ガウェインはしばし逡巡《しゅんじゅん》するも、ゼロに頭を下げてから走り去って行った。

それをあえて追うことはせずに見送ってから、シュバルツは愉快そうに口を開いた。

「フフフッ、言いますねぇ。雑魚が近くにいては戦いにくいですからね、いい判断です……おっと、自己紹介が遅れました。私はシュバルツと申します。以後お見知りおきを」

シュバルツはそう言いながら、手のひらに魔力を集める。

「――それでは死んでください」

そんな言葉と共に放たれたそれは、高速でまっすぐにゼロへと飛来した。

「悪魔風情《ふぜい》が」

ゼロはそう言うと腕だけを竜化させ、シュバルツの攻撃を握り潰す。

その光景を見たシュバルツは、顕現して初めて驚愕の声を漏らした。

「なっ!? 消えた、だと？」

シュバルツは驚きつつ、ゼロのステータスを確認する。

名前　：煉黒龍《れんごくりゅう》ゼロ・カラミラース
レベル：340
種族　：祖龍《そりゅう》
ユニークスキル：煉黒之支配者《れんごくのしはいしゃ》
スキル：火魔法Lv10　風魔法Lv10　地魔法Lv10　闇魔法《やみまほう》Lv10　雷魔法Lv10　龍魔法Lv10

威圧Lv10　咆哮《ほうこう》Lv10　時空魔法Lv10　強靭《きょうじん》Lv10　格闘術Lv10　硬化Lv8
物理耐性　魔法耐性　飛行　変身　魔力操作　天候操作　鑑定
気配察知　魔力察知　危機察知
称号　：原初の龍、天災級、龍王、空の王者、最強種、最強の執事

晴人と時々模擬戦をしていたため、迷宮にいた頃よりもゼロのレベルは上がっている。

「……これは驚きました。人間ではないことはわかっていましたが、あの迷宮に籠《こも》っていた龍でしたか。これはとんだ御無礼を」

ゼロの正体を突き止めたシュバルツは詫《わ》びるように一礼する。

そして頭を上げると、感心した素振《そぶ》りで口を開く。

「それにしても、流石は龍種ですね」

「――ふん。いいからかかって来い。少し遊んでやろう」

「クフフ、ではお相手していただきましょう」

そう笑みを浮かべたシュバルツは、一瞬にしてゼロの眼前へと移動して凶悪な爪を振り下ろす。

ゼロは竜化させていた腕にスキル硬化を発動させ、シュバルツの一撃を容易く防いだ。

「おや、硬いですね。流石は龍王」

ゼロは反撃とばかりに拳を振るうが、シュバルツは躱しながら空中へ飛び、ゼロに向かって腕を

横に振り払った。

「――暗黒の境界線《ダークネス・ライン》！」

「――竜の鉤爪《ドラゴンクロー》！」

シュバルツの不可視の一閃とゼロが飛ばした鉤爪《かぎづめ》による斬撃《ざんげき》は空中で衝突し、激しい音と共に消滅した。

それを見て、シュバルツは感心したように頷く。

「弱体化しているはずなのに、そこまでの威力とは……」

「……この結界か」

「フフフッ、その通りです。それにあなたは人の姿になっているので、本来の力も出せないはずですが」

「……」

ゼロは何も答えないが、シュバルツはその沈黙を肯定と捉えて笑みを浮かべる。

そこへ返答とばかりに風の刃がシュバルツを襲った。

「おっと、怖い怖い――深淵の渦《アビスホール》」

しかしその風の刃は、シュバルツが突き出した手のひらの前に現れた黒い渦に吸い込まれ、消失する。そして同時に、シュバルツの姿がその場から消えた。

「わかってる」

ゼロはそう呟き、背後に移動したシュバルツの攻撃を防いだ。

先ほどのシュバルツの言葉通り、ゼロはかなり弱体化している。

本来であればゼロの方が強いのだが、今はシュバルツの方が優勢となっていた。

激しくぶつかり、魔法攻撃が飛び交う激しい戦闘を行なうゼロとシュバルツ。

「どうしました？　動きが鈍いですよ」

「ふん、悪魔の分際で——来い、竜魔剣グロリアース」

いつもの丁寧なものから、かつての荒々しい口調に戻ったゼロは愛剣の名を呼んだ。

その声に応えるかのように空間が歪み、神話級《ゴッズ》の剣が現れた。

シュバルツは、その剣を目にした瞬間に異常だと気が付いた。

「随分と禍々しい魔剣ですね？」

しかしゼロはそれには答えず、剣を握っていない左手を振るう。

「——竜の鉤爪《ドラゴンクロー》！」

「無駄です——暗黒の境界線《ダークネス・ライン》！」

ぶつかり合って消滅する攻撃に紛れ、シュバルツの視界からゼロの姿が消える。

「ッ!?　そこですか！」

「くっ、グハァッ」

ゼロは剣を突き入れたが、シュバルツは紙一重でそれを躱すとカウンターで蹴りを入れ、ゼロを吹き飛ばす。

と、そこでシュバルツは何かに気付いたように自身の頬に触れる。

「――血？　そう、血ですか……フフフッ、久しぶりの血はいいですねぇっ！　ですが、私の肌に傷を付けるのはいけませんよ――暗黒の境界線《ダークネス・ライン》！」

不可視の一撃が襲いかかるが、そう簡単に喰らうわけにはいかないと、ゼロは魔剣を振るった。

放たれた斬撃は暗黒の境界線《ダークネス・ライン》とぶつかり……そのまま打ち破ると、シュバルツに向かって飛来する。

「厄介な魔剣ですね。ですが……」

回避したシュバルツは、別の技を放とうとする。

しかしそんな隙を与えまいと、ゼロは次々に斬撃を放つ。

「っ、本当に厄介です！」

回避している間にも、いくつもの浅い傷を受けるシュバルツ。

その状況に苛立ったシュバルツは、少々本気を出すことにした。

「行きますよ」

「……」

ゼロは相変わらず無言だが、その目は先ほどよりも真剣だ。

次の瞬間、シュバルツがその場から消えた。

繰り返されてきた高速移動だが、今回はこれまでの比ではない。

ゼロは想定外のスピードに反応が遅れ、危機察知が反応した後方へと剣を振るう。

しかしそこには誰もおらず、ゼロは咄嗟に後退しようとし――足を掴まれた。

身を屈めていたシュバルツは、ゼロの足を掴んだまま振り回し、そのまま地面へと叩き付けた。

地面が陥没し、蜘蛛《くも》の巣状にひび割れる。

「かはっ!?」

衝撃で肺の中の空気を吐き出すゼロだったが、ドラゴンの耐久力を持つ彼にとっては大したダメージではない。

すぐに立ち上がったゼロは跳躍し、いつの間にか空中に戻っていたシュバルツの元へと迫る。

「まだまだ、だな……」

そう強がって剣を振るおうとするゼロだったが、執事服は既にボロボロで、わずかに血が滲んでいた。

そんな状態のゼロの攻撃を喰らうわけがなく、シュバルツは素早い動きでゼロの懐に潜り込む。

「これでも喰らってください」

シュバルツは鋭い爪をゼロの腹部へと突き刺した。

「グッ、ガハァッ!」

抜かれた爪から滴り落ちる血液。

ゼロの腹部からは、止まることなく血が流れ出していた。

さらにシュバルツは追撃とばかりに、その傷口に蹴りを入れた。

ゼロは大聖堂へ向かって吹き飛ばされ、その荘厳な壁面に激突した。

大聖堂に穴が開き、連鎖するように崩れていく。

「よく吹き飛びました。さて、私も向かいましょうか。どうやらあそこには多くの生命反応が確認できますからね」

そう言ってシュバルツは頬から流れる血を舌で舐《な》め、笑みを浮かべるのだった。

第10話　最上位悪魔との決戦

俺、晴人はイルミナを抱え、彼女が捕らわれていた建物を出て、大聖堂に向かうことにした。

もちろん、お姫様抱っこである。

しかしよほど恥ずかしいのか、顔を真っ赤にしてイルミナは暴れていた。

「あの、お、下ろしてください！」

「お、おい、暴れるな！　落ちるだろ！」

「いいですから！　こ、こんな格好は、その……」

「しょ、しょうがないだろ！　急がないと！」

「それはわかりますけど！　わかりますけど！　う、うぅ～」

真っ赤な顔を再び両手で覆ってしまうイルミナ。

少し可哀想に思って足を止めかけたが、背後から爆音が響いたため、その考えを振り払う。

この爆音は、マップを見る限りではゼロと悪魔の戦いによって引き起こされたものだ。

それにしてもあの悪魔、ゼロと互角とは……いや、むしろ悪魔の方が押してるのか？

俺は素直に驚いた。

ゼロは迷宮で俺と戦った時よりも強くなっているはずなのだ。そのゼロを押してるなんて……

俺はちらりと振り返り、悪魔を鑑定する。

名前　：なし
レベル：297
年齢　：不明
種族　：最上位悪魔
ユニークスキル：愚者《ぐしゃ》ノ《の》理《ことわり》
スキル：火魔法Lv10　風魔法Lv10　闇魔法Lv10　身体強化Lv10　格闘術Lv10　威圧Lv10
無詠唱Lv10　気配察知　危機察知　魔力察知　魔力操作　状態異常無効　鑑定

称号　：最上位悪魔、悪魔公《デーモンロード》、国落とし

やべぇ、強すぎだろ……

あのユニークスキルはなんだ？

名前からしてとてもヤバそうだけど。


〈愚者ノ理〉

自由自在に結界を構築し、その中で死んだ者の魂を吸収する。

吸収した魂に応じて基礎身体能力、魔法攻撃の威力が増加する。

また、結界内では発動者の意思でそれ以外の者を弱体化できる。

結界内に限り、発動者は属性にとらわれない自在な魔法を扱える。


これは思ったより強力なスキルだな。

問答無用で敵を弱体化する結界とか、凶悪なことこの上ない。

その結界が発動したのは俺も確認しているし、身体から力がわずかに抜けるのも感じていた。

それ以外にも、どのスキルレベルも最大である10になっている。

あと、称号にある『国落とし』。この称号を獲得する条件はわからないが、文字通り国を滅ぼしたことがあるとしたら、それがいつであれ、それだけの力があるということを示している。

もしかすると、俺でも苦戦するかもしれないな……

そう思いつつ、俺は一気に加速した。

「きゃぁあああっ⁉　は、速いです！　そ、それに飛んでます！　飛んでますよ！」

少し飛んだくらいでそんな反応してもらっては困るな。

「我慢しろ。神都がピンチなんだぞ」

「わかってますよ！　それでも怖いものは怖いんです！」

イルミナの叫び声をＢＧＭに走ることしばし、大聖堂が見えてきた。

大聖堂の大きな庭には、避難してきたらしい人たちが集まっているのが見える。

まあ、あれだけ大きな戦闘音がずっと続いているんだ、正しい判断だろう。

そんな大聖堂の庭に着地すると、大勢の視線を向けられる。

その視線はまず、いきなり現れた俺の顔に、続けて俺の腕の中でお姫様抱っこされているイルミナに向けられた。

イルミナは恥ずかしさのあまり顔を真っ赤にして、上目遣いで俺に「早く下ろしてください……」と訴えてきた。

こんな状況になると、思っていた以上に恥ずかしいな……

なんて思いつつも、イルミナの反応が面白かったため、そのまま大聖堂の入口に向かう。

扉を警護するように立っていた聖騎士たちが、俺に剣を向けてきた。

「貴様、何者だ！　なぜ聖女様がそこにいる！　攫われたはずだろ！」

「違──」

「誰か増援を！　聖女様を攫った犯人だ！」

そう言うと大聖堂の奥と庭にいた聖騎士たちが駆け寄ってきて、俺とイルミナは取り囲まれた。

おい、なんでそうなる……

避難していた民もなんだなんだと集まってきていた。

てか、なんかこの状況、既視感がある気が……

「ああ！　アイリスの時だ」

「え？　アイリスがどうか──」

突然アイリスの名前が出たことにコテンと首を傾げるイルミナ。

赤かった顔も今は元に戻っている。

あまりの展開に、恥ずかしさが吹き飛んでしまったのだろうか。

すると、呑気《のんき》に話している俺に苛ついたのか、聖騎士が叫んだ。

「早く聖女様を解放しろ！　なんだそのふざけた抱え方は！」

あ、まだお姫様抱っこしたままだったっけ。

そのことを思い出したのか、イルミナが再び顔を真っ赤にした。

「お、下ろしてください！　こんな、こんな格好見せられません！」

「いや、もうとっくに見せて――」

「いいから早く下ろしてください！」

「ちょっ、暴れるな！　下ろすから！　下ろすから待って！」

「貴様！　聖女様になんてことを！」

聖騎士たちが声を荒らげるが、いいから君たちは黙っててくれないか!?

顔を殴られビンタされ、暴れるイルミナをようやく地面に下ろす。

「もっと早く下ろしてくだされば――」

「今だ！　聖女様を助けろ！」

「待ってくださ――」

「かかれーっ!!」

武器を手に襲ってくる聖騎士たち。

勘違いで殺されるのは勘弁だ。

俺はイルミナが怪我しないように、再び抱きかかえてその場を飛び退く。聖騎士たちにそのつもりはなくても、何があるかわからないからな。

しかし、抱きかかえられたイルミナは再び悲鳴を上げた。

「ちょっ、きゃあっ!?　な、何するんですか！」

「しょうがないだろ！　こいつら勘違いしてるし、あの場にイルミナだけ置いてきたら、怪我してたかもしれないだろ」

「それは、その……はい。ありがとうございます……」

とりあえず、着地してイルミナを下ろす。

「き、貴様ぁぁあ！　逃げるな！」

顔を真っ赤にしている聖騎士がそう叫んだ時、彼らの背後の扉が開かれた。

そこから出て来たのはリーベルトさんだった。

「何があったのです？」

「教皇陛下！　聖女様を誘拐した犯人を捕まえるところです！　危ないので下がってください！」

「犯人……？」

そう言ってリーベルトさんは俺を見て、隣のイルミナを見た。

「──イルミナ！」

「お父様!!」

イルミナは駆け寄ってリーベルトさんに抱き着き、リーベルトさんも同様に再会を喜び抱き締め返した。

そこに空気を読まない聖騎士が一人。

「今がチャンスだ！　捕らえろ！」

俺を捕まえるべく動き始めた聖騎士たちに、リーベルトさんが慌てて静止の声を上げた。

「待ちなさい!!」

その声でぴたりと動きを止める聖騎士たち。

「どうして止めるんですか、教皇陛下！　この人は――」

「一度冷静になって状況を整理してください。それに、決めつけて相手の話を聞かないのはよくないですよ」

その言葉で聖騎士は黙った。

リーベルトさんは聖騎士たちが落ち着いたのを確認して、俺のことを紹介してくれる。

「この方は冒険者のハルトさん。私が依頼したのですよ、イルミナを助けてくださいと」

「お父様の言っていることは本当です。その人は私を救ってくれた恩人です」

「まことですか……？」

聖騎士の言葉にリーベルトさんとイルミナは頷き肯定した。

二人が肯定して、俺が「その通りだ」と言うと、聖騎士たちは早々に剣を収めて深々と頭を下げてきた。

「申し訳ございません！　私の早とちりでした！　聖女様が攫われたと聞いて……」

先ほどまで顔を真っ赤にしていた聖騎士が、代表として深々と頭を下げてくる。

アイリスの時も思ったが、この世界の騎士とか兵って忠誠心高いよな。

……いや、それだけこの人たちが慕われているってことなんだろう。

かつてのグリセント王国で同じようになるかって言われたら、けっこう怪しいし。

「気にしてない。イルミナもリーベルトさんもそれだけ慕われているってことなんだ。許すから頭を上げてくれ」

「……許してくれるのですか？　剣を向け襲いかかったのにもかかわらず」

まあ、あの程度なら簡単に避けられるし問題はない。

それにこの人たちは自らの使命を果たそうとしただけなのだから、仕方がないといえる。

「本当に気にしてないから、他の皆も頭を上げてくれ、勘違いするのも仕方がない。状況が状況だったからな」

俺がそこまで言うと、ようやく頭を上げた聖騎士たち。

集まっていた民も、最初は聖女様が攫われていたことに驚いていたが、無事で帰ってきたならよかったと大喜びする。

「聖騎士たちを許していただき、ありがとうございます」

「私からもありがとうございます」

リーベルトさんとイルミナが俺に頭を下げる。

「ああ。だがそれよりも……」

俺は神都全域に展開されている結界を見つめた。

その場にいる他の者たちも、不安気に空を見上げる。

「そうですね」

時々聞こえる戦闘音。

「ここに来る間もそうでしたが、これは一体……？」

イルミナの疑問に答える。

「ゼロと悪魔が戦っているみたいだな」

「ゼロ、とは……？」

「ああ、一緒に来た俺の執事のことだ。この結界のせいで弱体化しているが、うまく時間稼ぎしてるみたいだな」

本来の姿である龍になれば、多少は力を取り戻して有利に戦いを進められるはずだが、どうやら混乱を起こさないためにそれは控えているようだ。

かといって人型では勝てないから、時間稼ぎをしているように見える。

きっと、俺がイルミナを無事に送り届けて戦いの場に戻ってくるのを待っているのだろう。

とはいえ、このまま何の状況説明もせずに戻るわけにはいかない。

俺とイルミナ、リーベルトさんは大聖堂の一室に入ると、情報の共有を——黒幕が誰で、今はどういう状況なのかを説明した。

「まさか、アルベン枢機卿らだったとは……」

リーベルトさんはショックで俯く。

俺は知らないが、相当信頼していたのだろうか？

「どんな人だったんだ？」

「長く私に仕え、妻や子供を亡くしてからは、孤児や貧しい人たちに分け隔てなく接していた、心優しき人でした」

「そうだったのか」

気まずい雰囲気となり、イルミナが話題を変えようとする。

「そういえば、聖騎士団長は？」

「ああ、スキルで確認したが、街中の避難を行なってるみたいだ。最初は戦おうとしていたみたいだけど、敵わなかったのか、途中からゼロに任せてそちらに向かったんだろうな」

「その悪魔はそれ程強いものなのですか？」

この国の最強らしい聖騎士でも歯が立たないと聞き、リーベルトさんは目を見開く。

俺はその悪魔の説明をしようとした時、ドゴォォォォォォオッ！　という轟音《ごうおん》と共に、何かが建物の壁を壊しながら内部に突っ込んできた。

「な、何が起きているのですか⁉」

リーベルトさんが声を上げ立ち上がる。

音を聞いた聖騎士たちも集まってきて、リーベルトさんとイルミナを守る態勢になった。

俺が突っ込んできた何かの方を見ると、そこにいたのはボロボロになったゼロだった。

執事服は見る影もなく、腹部からは大量の血が流れている。

そんなゼロの姿を見た俺は、急いで駆け寄る。

「大丈夫か、ゼロ！」

「ハルト様、このような無様な姿を……あの悪魔、厄介な相手です。結界さえなければ倒せたのですが……」

ゼロがそう言うと同時に、とても愉快そうな声が聞こえてきた。

「フフフッ、厄介とはなんですか？　もっと私を楽しませてください」

コツコツという足音と共に、頭部に角と背中にコウモリのような翼を生やした美丈夫が現れた。

「……お前だな？」

答えなど聞かなくても、気配でわかる。

目の前のアイツが——悪魔だと。

「初めまして。私のことはシュバルツとでもお呼びください」

自己紹介をする悪魔。

すると——

「悪魔ごときが名乗るなどおこがましい！」

一人の聖騎士がそう叫んで剣を抜き、彼に続くようにして他の聖騎士たちもシュバルツへと斬りかかった。

「あなた方には用は無いです――暗黒の境界線《ダークネス・ライン》」

シュバルツが手を横に振るうと、一筋の闇の線が走った。一拍遅れて、聖騎士たちの上半身と下半身が両断され崩れ落ちる。

壁が倒壊したせいで、庭にいた一部の民衆には一部始終が見えていたようで悲鳴が上がる。そしてそれにつられて、逃げようとする民たちによってパニックが起きた。

そんな中、聖騎士の遺体から浮かんだ白い何かが、シュバルツの元へと流れて吸収されていった。

「ふむ。質がいいですね。とても美味です」

舌なめずりをするシュバルツに俺は問う。

「今のが魂か……？」

「ご名答。純粋な魂や、その逆に負の感情などが溜まった魂は上質でしてね。現世で我々が活動するには必要不可欠なのですよ」

そう得意げに説明するシュバルツ。

現世ってなんだ？

疑問に思っていると、エリスからの説明が入った。

《『現世』とは、今マスターがいる世界のことです。他にも『魔界』と『天界』と呼ばれる場所が存在し、『魔界』には悪魔が住み、『天界』にはこの世界を管理する神や、その僕《しもべ》である天使が住ん

でいます》

へえ、神様は会ったことがあるけど、天使なんてのもいるのか。

そんなふうに感心していると、シュバルツは言葉を続ける。

「それで、強い気配と魔力を秘めているあなたは一体？」

その瞳に警戒の色を滲ませながら、そう問うてくるシュバルツ。

折角向こうが名乗ってくれたんだ、俺も名乗り返した方がいいだろう。

「俺は晴人。冒険者だ」

「ハルト。覚えましたよ」

「そりゃあどうも」

睨み合う俺とシュバルツ。

すると、不意に俺の背後から声がかけられた。

「ハルト！　その悪魔は強いぞ！」

聞こえた方に顔を向けると、そこにいたのはガウェインだった。

「クフフフッ、あなたはあの時の死に損ないですか。見逃したのにまた戻ってくるとは……」

シュバルツはそれだけ言うと、もう興味がなくなったのか、俺へと顔を向けた。

俺も再びシュバルツに顔を向けると、背中越しに答える。

「ああ、よく知ってるさ。弱体化してるとはいえ、ゼロにここまでダメージを与えてるんだ。厄介なユニークスキルがなければ話は別だっただろうけどな」

シュバルツに向かって、お前のステータスは見えているぞと暗に伝える。

するとシュバルツは目を細め、不思議そうに口を開いた。

「ハルトさん。あなたも相当に厄介ですね……一番最初、この世界に顕現した時、脅威となり得る存在だとは思っていましたが、まさかここまでとは。どうやってレベル３００まで上げたのですか？」

どうやらシュバルツには、スキル偽装で作り出した偽物のステータスが見えているようだ。

実際の俺のレベルは４００を超えてるんだけどな。

「それは秘密だ。それにすぐに消滅するような、たかが悪魔にわざわざ教えるとでも？」

「たかが悪魔、ですか……私はこう見えても最上位悪魔の悪魔公《デーモンロード》なのですがねぇ？」

その言葉と同時に、シュバルツの放つプレッシャーが増大した。

俺とゼロ以外の全員が顔を青くし、ガクガクと震えていた。

いや、ガウェインもどうやら耐えているようだ。きっと既に一度、このプレッシャーを味わったのだろう。

「デ、悪魔公《デーモンロード》、だと……!?」

リーベルトさんがそう漏らし、その他の面々も絶望の表情となる。

「終わりだ……誰も倒せっこない……」

誰かが呟く中、イルミナが震える声で言葉を紡ぐ。

「悪魔公《デーモンロード》……かつていくつもの国を滅ぼしたとされる伝説級の悪魔。魔王すらも超えるとされる存在……はるか昔の勇者ですら勝てなかったといわれる相手にどうしろというのですか……」

そんなイルミナの、『勇者』という言葉にシュバルツが反応する。

「勇者、ですか。戦ったことはありますがそこまで強くなかったですね。レベルも250程度と弱かったですから。途中逃げられてしまったのが惜しかったですが」

シュバルツはそう嗤う。

「レベル250が弱い……？　誰がこの悪魔を倒せるというのだ……」

リーベルトさんの言葉に、誰も答えない。聖騎士たちも尻餅《しりもち》を突き、逃げることすら諦《あきら》めた様子だった。

しかし――

「お前ら、なんでこの世の終わりみたいな顔をしているんだ？」

そんな俺の言葉がその場に響く。

イルミナは、目の前に立つ俺を見上げた。

「ハルトさん……？」

「俺に頼まないのか？」

ハッとした表情を浮かべるイルミナ。

俺が誰なのか、皆から何と呼ばれているのかを思い出したのだろう。

「――頼めば、ハルトさんに頼めばやってくれるのですか⁉　こんな状況で、報酬としてお渡しできるものは何もないのに！」

……どうやら俺は、報酬がないと動かない人だと思われているようだ。

繊細な俺の心が少し傷付いた。少しね。

金は十分すぎる程あるし、領地なんかもいらない。報酬なんて俺には必要ないのだ。

「報酬はいらな――」

「そ、そうです！　報酬なら私が！　私のすべてが報酬です！」

しかし俺が言い切る前に、イルミナが変なことを口走った。

リーベルトさんやガウェイン、他の騎士たちも「何を言っているのですか⁉」と言いたげな顔をしている。

俺はこの場にフィーネたちがいなくてよかったと心底思った。もしいたら、俺は今頃地獄送りになっていただろう。

「い、いや、流石にそれは……」

「ダメなのですか⁉」

「いや……」

「なら――」

俺はイルミナの頭を撫でた。

「な、何ですか急に？」

「イルミナ。俺はアイリスから、大事な友達を助けてと言われた」

静かに聞くイルミナに俺は続ける。

「だから俺は報酬なんていらない。婚約者からの頼みだからな」

「は、はぃ……」

イルミナは顔を紅潮させて俯く。

それから俺は、ゼロとガウェイン、そして聖騎士たちに指示を出す。

「ゼロとガウェイン、聖騎士たちは民を守ってくれ」

「わかりました。ハルト様、申し訳ございません」

「ハルトはその悪魔を？」

「ああ、コイツは俺が相手する」

俺はそう言ってシュバルツを見る。

奴もこちらを見ていた。

「いいですねぇ～。私を倒してみてください――暗黒の境界線《ダークネス・ライン》！」

シュバルツは腕を振るって、先ほども使った魔法を俺へ放ってきた。

あわよくば、俺の後にいるリーベルトさんやイルミナをそのまま殺すつもりなのだろう。

「そうはさせない——空間断絶結界《イージス》！」

俺が展開した結界によって、シュバルツの攻撃はあっさりと防がれる。

「……何？」

「この結界の破壊はお前でも無理だ」

「クフフフッ、これは中々に楽しめそうですねぇ」

笑みを深めるシュバルツ。

「ここは狭すぎます。移動しませんか？　あなたもその方がいいでしょう？」

「……どういうつもりだ？」

シュバルツの提案に、俺は訝《いぶか》しむ。

「安心してください。あなたを倒さなければ、ここの人たちは殺せないと思っただけですから」

「当たり前だ」

「フフフッ、ではついてきてください」

そう言ってシュバルツは、一瞬にして姿を消した。

気配はこの大聖堂の上空だ。

俺も行こうとするが、イルミナに袖《そで》を掴まれた。

「あの……」

「ん？」

俺は振り返る。

「その、神都を、皆さんを救ってください」

「ああ、任せろ」

そう言って微笑んだ俺はシュバルツを追って大聖堂を出るのだった。

第11話　悪魔との戦い

俺は天歩のスキルで空中に立ち、シュバルツと対峙《たいじ》していた。
パッと見た感じ、この神都に張られた結界は俺でも解除できないだろう。
とはいえ、エリスならなんとかできるかもしれない。
……どうだ、エリス。破壊できそうか？
《可能ですが時間がかかります》
おお、可能なのか。どのくらいかかる？
《計算します……シュバルツの相手をせずに済んだ場合、破壊するまでの所要時間は十分》
なるほど、つまりどうせ妨害されるから、先に倒した方が早いってことか。
「ちっ、厄介な結界だな」

「お褒めに預かり光栄です」

俺が吐き捨てた言葉に、優雅に一礼するシュバルツ。

「――空間断絶結界《イージス》」

俺は眼下に空間断絶結界《イージス》を張って、戦闘での影響が街に出ないようにした。

この空間断絶結界《イージス》は、結界と結界の層の間に空間の断絶を生むことで一切の物理的な干渉を拒否するものだが、精神系の攻撃は防げないんだよな。

まあ、目の前のシュバルツを俺に注力させて、精神系の攻撃をできないようにすればいいんだけどな。

「被害が出ないようにしましたか。残念です」

「そうか――よっ！」

俺はそう言いながら、シュバルツに向かって膨大な魔力を圧縮した大爆発《エクスプロージョン》を放った。拳大の火球が、シュバルツへ迫る。

「――深淵球《アビスフィアー》」

対抗してシュバルツが放ったのは、闇が凝縮されたような球体だった。俺の大爆発《エクスプロージョン》はその球にぶつかると、そのまま呑《の》み込《こ》まれて消滅する。

あの技を使い続けられると、こちらの魔法攻撃はほとんど通らないだろうな。

それなら――

俺は身体能力を生かし、シュバルツの眼前へと移動した。

「――ッ!?」

流石に驚いたのか、後退しようとするがもう遅い。

俺は腰を低く落とし――抜刀による一閃。

刀はそのままシュバルツの左腕を切断する。

「くっ……この代償はデカいですよ」

シュバルツは歯を食いしばるが、切り落とした傷口からは血が出ていない。

いや、よく見ると黒い霧状の物が出ていた。

そんな風に呑気に観察する俺に向かって、シュバルツは右腕を振るう。

「――悪魔の鉤爪《デビルズクロー》！」

シュバルツの右手の爪が伸び、俺の胴体へと向かってくる。

――これは回避は間に合わない!!

俺は咄嗟に目の前で手をクロスさせ、硬化の上位スキル、金剛《こんごう》で全身の強度を上げる。

その瞬間、シュバルツの爪が直撃した。

「ぐっ！」

数メートル吹き飛ばされつつも、体を捻り体勢を整える。

腕を見ると、深い切り傷ができて血が流れ出している。

金剛を発動していなかったら、両腕が斬り落とされていたところだろう……というか、神様に能力を貰ってから、血を流すのって何気に初めてじゃないか？

それを見て、シュバルツが目を細める。

「やったと思ったのですが……なるほど、ステータスを偽装して、スキルを隠していたのですね」

流石にバレたか。

だが、特に問題はない。

俺は回復魔法で傷を塞いだ。一応、自動治癒のスキルも持っているのだが、この傷を治すとなると時間がかかってしまう。

「やれやれ、厄介ですね。回復魔法なんてずるいと思いませんか？」

俺は時空魔法でシュバルツの背後に転移するが、読まれていたのだろう、そこには待ち構えるように爪が迫ってきた。

咄嗟に刀で弾き、シュバルツの腹に蹴りを入れる。

吹き飛んでいくシュバルツに、追撃を加えるべく、悪魔なら光や聖なるものが弱点だろうと、光魔法を発動した。

「──ホーリージャベリン」

俺の放った魔法はシュバルツへ迫るが、その直前で爆発する。

「その程度の魔法で私は倒せませんよ？」

爆炎の向こうから、無傷のシュバルツが姿を現した。

どうやら何かしらの魔法で相殺されたみたいだな。

「では私からも――ダークジャベリン」

シュバルツの目の前に、俺が先ほど放ったのと似て非なる矢が、今度は数百本も展開され――放たれた。

「ならこっちもだ」

同じ数のホーリージャベリンを放って相殺していくが、いくつかはすり抜けて迫ってくる。

俺はそれを最低限の動きだけで躱しつつ、指鉄砲の形にした手をシュバルツに向け、その先端に魔力を集めて撃ち出した。

「これでも喰らってろ！」

「ッ⁉」

同じくすり抜けて迫っていた俺のホーリージャベリンを避けていたシュバルツは、全く別の攻撃が飛んできたことに驚きつつもあっさりと躱す。

「驚きました。そのような芸当ができるとは。では私からも面白いものを」

その言葉に警戒していると、奴の背後に光る魔法陣が四つ現れる。

「――悪魔召喚門《サモン・デビルズゲート》」

魔法陣から現れたのは、四体の悪魔だった。

どれも中性な顔立ちの人間の姿をしていて、そこそこの気配の強さを感じる。

おそらく上位の悪魔なのだろう。

シュバルツを含めて五体もの悪魔となると、流石に厄介だな……身体能力とスキルの威力が五倍になるスキル、限界突破を使う必要があるか？

「では、アイツを殺してきなさい。殺せずとも、時間稼ぎくらいはしてくださいね」

「「「「はっ」」」」

四体の悪魔はシュバルツに頭を下げると、まっすぐにこちらに向かってきた。

「ちっ、厄介だな」

シュバルツを横目で見るが、どうやら動かないようだ。

ここは配下の悪魔に殺らせるってことか？　いや、時間稼ぎってことは、何か大型の魔法でも使うつもりか？

ここは一気に片付けた方がよさそうだ。

「――裁きの光《ホーリージャッジメント》！」

俺がそう唱えると同時に、空から太い光の柱が降ってきて、悪魔たちを包み込む。

「う、ぐ、ぁぁぁぁあ！」

悪魔たちは苦しみの声を上げながら、体を灰にしてあっさりと消えた。

シュバルツを確認すると――いない。

まさか悪魔たちに視線を向けたあの一瞬で？　魔法を発動するんじゃなかったのか！

「どこを見ているのですか？　こちらですよ」

直後、危機察知が発動すると同時に、背後から声がかかった。

だが、これだけの速度で動けるシュバルツ相手に、このまま振り返って攻撃を防ぐのは間に合わないだろう。かといって、転移を発動する時間はない。

仕方ない、あれを使うか。

「――限界突破ッ！」

「ぐぅぅうっ!?」

俺はスキルを発動すると同時に、魔力を放出して背後のシュバルツを吹き飛ばした。

シュバルツはやや離れたところで体勢を整えると、面白そうに笑みを浮かべる。

「クフフフッ！　面白い、実に面白い！　戦いはこうでなくは！」

「少しは静かにしたらどう、だっ！」

俺はシュバルツへの懐に移動し、光魔法を纏った拳を腹へお見舞いしてやった。

さっきまでと比べてスピードも上がっているため、避けることもできなかったようだ。

「ぐはぁっ」

「まだ終わらないからな？　必殺――光の拳《シャイニングブロー》ッ！」

別に必殺技でもなんでもない、光魔法を纏った拳で殴るだけの技である。

しかし今の俺の身体能力によって振るわれた連撃は、受ける側からすればまるで千手観音のように見えていることだろう。

「ふぐっ！」

俺はしばらくラッシュを叩き込み続け、最後に力一杯殴り飛ばした。

またしても吹き飛んだシュバルツは、今度はやっとの様子で体勢を立て直す。

流石に効いたみたいだな。

「うっ、ぐっ……やりますねぇ……でも、まだまだこれからです」

「そうか？　もう終わらせてやるよ」

俺がそう言って刀を抜くと、シュバルツは笑みを浮かべた。

「クフフフッ、そうでなくては。出てきなさい」

するとシュバルツの真横の虚空から、漆黒の剣が現れた。

ゼロの持つ剣ほどではないが、それなりに強い力がありそうだな。

「――行きますよ」

シュバルツの姿がブレた。

まだ速くなるのかよっ！

危機察知が警鐘を鳴らして咄嗟にしゃがむのと同時に、頭上を剣が通り過ぎ――

「ッ！　マジか⁉」

その剣は急に真上で停止し、刃がこちらに向けて振り下ろされてきた。

すかさず刀でガードするが、想像以上の衝撃が襲いかかる。

俺はしゃがんだまま足払いをかけるが、シュバルツは後方へと跳躍し、あっさりと躱されてしまった。

「いい反応ですね。これならどうですか？」

シュバルツが剣を振るうと、いくつもの紫色の斬撃が飛んでくる。

相殺するために俺も同様に刀を振るって斬撃を作り出すが、おそらくあの斬撃は囮だったのだろう、シュバルツ本人が目の前に迫ってきていた。

首を目掛けて振るわれた剣を、刀で防ぐ。

そこからは剣の応酬となった。

激しくぶつかり合い、互いの身体に傷が増えていく。

シュバルツの方が傷の数は多いが、致命傷になるものはなく、このまま斬り結んでいても時間の無駄だろう。

「――魔闘《まとう》！」

俺はさらに身体能力を上げるスキルを重ねがけする。

真紅《しんく》の魔力が俺の身体から溢れ出て、纏わりついていく。

無理矢理の発動なので、身体への負担は相当なものになるが、こうなっては仕方ない。

先ほどまでは、弱体化した俺とシュバルツの力は均衡していたが、これでどうなるか。

「なんというプレッシャーですか！　いいでしょう。私も見せてあげます」

シュバルツは笑みを浮かべ、直後、魔力とプレッシャーが溢れ出た。

シュバルツから溢れ出た魔力が暴風となって吹き荒れる。

おそらく限界突破と同じようなスキルでも使ったのだろう。

俺とシュバルツは、静かに睨み合う。

「フフフッ、では行きます」

その声と同時に、目の前に現れたシュバルツが剣を振り下ろす。

避けつつカウンター気味に剣を振るうが――

「――幻影っ!?」

俺が切断したシュバルツの身体は、黒い霧となって霧散した。

驚愕する間もなく、危機察知スキルに従って刀を頭上にかざすと同時、キンっという甲高い金属音が鳴り響いた。

「おや、よく防ぎましたね」

「勘だけは鋭い方なんだ」

「そうですか。でも――」

シュバルツは俺から距離を取った。

「これでおしまいです。随分と楽しめましたよ」

どういうことだ？

「……おいおい、もう少し楽しんだらどうだ？」

「いえいえ。もう十分ですよ」

そんなシュバルツの言葉と共に、俺の足下に、紫色に光り輝く巨大な魔法陣が現れた。

◇　◇　◇

イルミナは、上空で繰り広げられる晴人と悪魔の戦いを見上げていた。

晴人が張った結界によって、二人の戦いの余波が神都に及ぶことはない。

イルミナには、いや、神都にいる魔法を扱える者は皆、晴人が一瞬で神都に展開した結界の凄さに驚愕していた。

悪魔公《デーモンロード》ほどの攻撃となると、一撃一撃が必殺の威力だ。

しかし晴人の結界は、そのすべてを防ぎきっている。

「凄い……」

思わずそう声を漏らすイルミナの横で、ガウェインも頷いていた。

「ゼロさんもそうだったが、ハルトも凄い。俺たちが恐怖で動けなかった相手に、神都全域を守りながら戦っているんだ……」

「そうですね。今、私たちに残された希望は彼だけでしょう」

イルミナがガウェインの言葉に同意し、最後の希望である晴人を静かに見据えた。

両手を組みながら祈る。

しばらく攻防戦が繰り広げられていたが、晴人から真紅の魔力が噴き上がった。

その魔力のすさまじさは、下方から見ていたイルミナたちにもピリピリと伝わってくる。

「何ですか、尋常ではない濃密な魔力量にこのプレッシャーは……ッ！」

「凄い、まだこれだけの力を隠していたのか」

イルミナとガウェインが天へと衝く真紅の魔力を見上げて呟く中、シュバルツからもすさまじいプレッシャーが放たれる。

そこからの二人の戦いも、まさに激戦だった。

一度剣を交わせば、そこから生まれた衝撃波が結界を揺さぶる。

他の者の介入を許さない、この世界の頂点に立つ者たちの戦いが、そこでは繰り広げられていた。

もしガウェインがこの戦いに混ざったとしたら、一分——いや、数秒も持たないで一瞬にして殺される。

悔しそうに拳を握り締めるガウェインと聖騎士たち。

イルミナも、晴人の力になれないことに悔しさを感じる。

それでも晴人の勝利を信じ、空を見上げるのだった。

第12話　もう一つの世界

魔法陣が出現した瞬間、シュバルツが鋭く叫ぶ。

「――地獄の業火《ヘルフレイム》！」

俺、晴人の足元の魔法陣から、黒い炎が螺旋《らせん》を描き巻き上がった。

とりあえず、空間断絶結界《イージス》で身を守ったが……

「この黒い炎は、対象を焼き尽くすまで消えませんよ。さて、どう対処しますか？」

厄介だな、どうやって対処しようか。

そう考え込む俺の耳に、シュバルツの声が再び届く。

「さて、もう一つサービスして差し上げましょう――崩壊世界《エンドレスワールド》！」

その瞬間、真下にあったはずの神都の気配が消えた。

……いや、どうやら俺は、全くの別空間に飛ばされたようだ。

俺は時空魔法で足元の魔法陣と、空間断絶結界《イージス》に纏わりつく黒い炎の時間を停止、そのまま別の空間に封印した。

これであの黒炎の脅威は消え去ったが、俺の視界に映るのは、一面の真っ暗闇だった。

「あなたに私の世界が破壊できますか？」

そんな暗闇の奥から、シュバルツの声が聞こえる。

「さあ、どうだろうな？」

私の世界、ね……ということは、ここはあいつが作り出した別世界なのか？

そう疑問に思っていると、エリスが答えてくれた。

《ここはシュバルツによって作られた、別空間に存在する世界です》

やっぱりそういうことか。

《どうやらこの空間では、シュバルツの身体能力、魔法威力が増幅されているようです。現在のシュバルツは、今の状態のマスターと同程度の戦力を保有している可能性があるため、ここでの戦闘は推奨いたしません》

ふむ。それならどうにかして脱出方法を探したいところだが……

考えようとした瞬間、気配察知と危機察知スキルが反応した。方向は真横。

迫りくるシュバルツの爪を金剛を発動した腕で受け止め、もう片方の腕で殴りかかるが、手ごたえはない。

代わりにシュバルツの声が聞こえた。

「驚きました。この状況で今の一撃に反応できるとは。まさか私が見えているのですか？」

「まあ、そんなところだ」

シュバルツの「ほぉ」と驚いたような、あるいは感心したような声が返ってきた。

正確には、視覚で見ているのではなく、魔力察知や気配察知、それからマップ機能で空間の全容を把握しているのだ。

それによると、足元に広がっているのは――

「これは廃墟《はいきょ》の街、か……？　この世界は、この廃墟を閉じ込めているのか」

そう、廃墟が広がっていた。

だが今のペルディス王国やベリフェール神聖国などと比べると、建物の構造が少し古く見える。

街の中央の方には、所々崩れ落ちた城らしき建物があるな。

すると、感心したようなシュバルツの声が聞こえた。

「惜しいですね」

「……惜しい？」

どういう意味だ？

実際に足元には廃墟がある。間違ってはいないはずだ。

シュバルツは教えてくれた。

「ここは、私が滅ぼした全ての国を取り込んでいるのですよ」

その言葉で俺はようやく理解した。

そういえば、シュバルツには『国落とし』という称号があった。

つまり――

俺はマップの範囲を広げていき、驚愕に目を見開いた。

そう、足元のものだけでなく、いくつもの廃墟が存在していたのだ。

「……よくもまあ、これだけの国を滅ぼせたな？」

「ええ、私を召喚した者が、『敵国を滅ぼせ』と命じましたのでね。勇者もいましたが問題なく滅ぼせました。ああ、国を滅ぼすという対価はしっかりと払っていただきましたよ」

舌なめずりをするシュバルツ。

俺はただ「そうか」とだけ答え、シュバルツを睨み付ける。

「ああ、安心してください。神都の皆さんは無事ですよ」

その言葉を信じられない俺に、シュバルツは説明をしてきた。

「この世界と元の世界では時の流れが違います。ここでどれだけ時を過ごしても、外ではほんの一瞬ですよ」

「……そうか、だが結局、お前を倒さないとこの世界から出られないんだろう？」

「ご名答です。ですので、全力で来てください！」

その言葉と共に、先ほど以上に膨れ上がった気配。

俺の発動している限界突破も、もってあと二十分というところだろう。

俺は気を引き締め、シュバルツへ接近する。

しかしそれを迎え撃つように、シュバルツが剣を振り下ろしてきた。

「ッ!!」

「ほう、これを逸らしますか。私の全力についてこれるとは……!」

驚きつつも嬉しそうなシュバルツ。

剣をかわしながら、俺はシュバルツに尋ねた。

「随分と嬉しそうじゃないか？」

「ええ、現に嬉しい、いや、楽しいのですよ！」

剣と刀がぶつかり合う火花が散る中、シュバルツは言葉を続けた。

「私たち悪魔が住む魔界では、力がすべてを決めます。ですが、ほとんどの者が弱すぎるのです。気が付けば私は最強の一角として君臨し、私以下の悪魔はすべて服従して、挑んでこなくなりました」

シュバルツは心底つまらなさそうに吐き捨てる。

「別に戦わなくて済むならそれでいいじゃないか。誰にも迷惑をかけないんだからな」

「それは違いますね。私たち悪魔の本質は闘争です。戦いこそがすべてなのですよ」

「……そうか、よっ！」

俺は会話の隙を狙って剣を横薙《よこな》ぎに振るい、シュバルツを真っ二つにする。

しかし手ごたえはなく、その姿は霧散して消えた。

チッ、幻影か……

直後、背後に気配が現れ、俺が咄嗟にしゃがみこむと、頭上を剣が通り過ぎた。

「相変わらずの反応速度ですね」

そこから繰り広げられる攻撃を、俺は体勢を整えつつ躱し続け、その顔面に向かってファイヤーボールを連続で放った。

「むっ！」

シュバルツは、初級の魔法であるファイヤーボールに当たるまいと後方へと大きく跳躍し、魔法を放って相殺した。

真っ暗な世界に、轟音が響く。

「……まさかファイヤーボールにあそこまで魔力を込めるとはね。下手な上級魔法より高威力ではないですか」

シュバルツは感心したように呟く。

「とても人間とは思えませんねぇ？　悪魔公《デーモンロード》である私でもあなたの魔力量の底が見えませんよ」

「それは褒め言葉として受け取っておくよ」

「ええ。悪魔である私たち以上なのです。純粋に心から尊敬いたします」

「そうか。ならこの国から手を引かないか？」

「フフフッ、それはできません。既に代償を受け取っていますからね。私は願いをかなえられなかったことなど、一度もないのですよ」

シュバルツはそう言い終えるや否や、俺へと迫る。

大丈夫、最初に左腕を落としてから、こいつの攻撃は右腕だけ、つまり左からしか来ないはず。

そう思って防御の姿勢をとったのだが、攻撃は右からもやってきた。

咄嗟に飛び退くが、驚いたせいもあったのか、反応が少し遅れて俺の脇腹から血が滲む。

「――ッ!?」

よくよく気配を確認すれば、ついさっきまでなかったはずの左腕が再生している。

「おや。どうしました？　私の腕が再生していることがそんなに驚きですか？」

「ああ、驚いたな。一体どうやったんだ？」

「秘密です」

「そうかよ」

ここまで治してこなかったのは、おそらくこうやって不意を突くためだろう。

そう考えていると、シュバルツは俺の傷が自動治癒のスキルで治っていくのに気付いたのだろう、不思議そうな声を上げる。

「あなたこそ、回復魔法を使っていないのにどうやって治したのですか？」

「秘密だよ」

「フフフッ、お互い様ですか」

どうやらシュバルツは納得したようだった。

しかし向こうも回復手段を、しかも完全に切り離された左腕が復活するほどのものを持っているとなると、ますます倒すのが厄介そうだ。

俺は気を引き締めなおし、シュバルツと対峙する。

「――暗黒の境界線《ダークネス・ライン》！」

「――空間断絶結界《イージス》！」

すべてを切断するシュバルツの攻撃を俺は結界で防御する。

シュバルツがすかさず距離を詰めてくるので刀を振るえば、キンッという甲高い音が鳴り響き、そこから剣の応酬が始まった。

互いに傷がついては癒えていく。

キリがなかった。

「さっさとくたばってくれないか？」

「それはこちらのセリフですよ。まさかこの世界で、ここまで私と戦える者がいるとは思っていませんでしたからね。昂るというものです！」

戦闘狂すぎるだろ、お前はクゼルか！

なぜこうも異世界の住民は闘うことが好きなのだろうか。

……いや、勇者として召喚されたクラスメイトの中にも、けっこう楽しそうに戦ってるやつらがいたな。異世界ってそんなものなのか？

そんな下らない考えが頭を過《よぎ》るも、気を取り直してシュバルツに尋ねる。

「なんでそうまでして戦いたいんだよ」

「先ほども言ったでしょう、それが悪魔の本能だからですよ！」

答えになっていない答えに顔を顰《しか》めつつ、俺は刀を振るう。

まずいな、俺の身体もそう長くは持たないだろう。

しかもこの世界では、エリスの言う通り、俺とシュバルツの力は拮抗している。

こうなったら、俺がいるこの空間ともいえる世界を壊すしかなかった。

「――大爆発《エクスプロージョン》！」

「ぐぅうっ!!」

爆発に巻き込まれたシュバルツは、地面に向かって吹き飛んでいき、瓦礫《がれき》の山に衝突した。

巻き上がる粉塵《ふんじん》の中から、俺を目掛けて斬撃が飛来する。

それを空間断絶結界《イージス》で防御した俺は、一度納刀した。

そしてすかさず腰を落とし、抜刀の体勢に入る。

「……この状況で武器を納めるので？」

空中へと戻ってきたシュバルツは、不審な行動をする俺を警戒しているのか、攻撃を仕掛けてくることはない。

「ああ、そろそろこの世界にも飽きたからな、出させてもらうよ」

「フフフッ、あなたにこの世界は破壊できませんよ」

「それはどうかな」

俺は黒刀に魔力を流し、一閃。

しかし斬撃が放たれることはなかったため、シュバルツの目には、ただ空を斬ったように見えただけだろう。

「一体何を――なにっ!?」

シュバルツは鼻で嗤うが、直後、空間に亀裂《きれつ》が生じ、光が入り込んでくる。

「そ、そんなはずは……私の世界は誰にも……」

「レベル差ってやつだよ。それに、この刀を舐めてもらっては困るな」

信じられないと言った声を出すシュバルツに、俺はそう言い放つ。

そして亀裂は徐々に広がり、やがて暗闇が完全に崩れ去った。

空中に立つ俺たちの眼下には、俺が張った結界と神都が見える。

シュバルツはいまだに信じられないといった表情をしているが、やがて「フフフ」と笑い始めた。

その笑いがどんな心情のもとで発されているのかはわかりかねるが、どうも楽しそうな雰囲気が伝わってくる。

「確かにその武器、見たことない形をしていますね」

「刀という。俺が住んでいた国に伝わる武器だ」

「面白い。何千年も生きてなお、まだ私の知らないことがあるとは……実に面白い」

シュバルツは手に持つ剣を俺に突き出し、ある提案をしてきた。

「私に勝利したら、この剣を差し上げましょう。これでも神話級《ゴッズ》の武器です。ですが私が勝ったら……」

「ああ。お前が勝ったら、この刀をやろう」

「フフフッ、ありがとうございます。これは益々勝ちたくなりました」

そう言って嗤うシュバルツ。

そしてお互いに魔力を高めると、再び激突する。

何合も打ち合い、やがてシュバルツの剣が俺の胴体に迫る。

「これで私の――」

勝った。

続けようとしたシュバルツだったが、その瞬間、俺の姿は掻き消える。

「それは残像だよ」

「なッ!!」

一瞬でシュバルツの背後に移動した俺は、そう声をかけて刀を振るう。

シュバルツは身体を捻り咄嗟に避けるが、俺の狙いはもう一手先だ。
そのまま追尾するように刀で斬り上げ――
「――ッ!!」
シュバルツの左腕が宙を舞った。
飛び退きつつ、声にならない声を上げるシュバルツ。
痛みによる声ではなく、驚愕の声だろう。
再び斬り落とされた肩口からは、黒い靄のような霧状の何かが漏れ出ている。
シュバルツはどこか楽しそうに呟いた。
「これで腕を斬り飛ばされたのは二度目ですね」
「ああ、滅多にできない経験だろう？　――さあ、これで最後だ」
俺はとどめを刺すべく、一気に距離を詰めるが――
その時、シュバルツが嗤った気がした。
エリスの焦ったような忠告が俺の脳に響く。
《危険です。今すぐに下がってください！》
俺の足元には、怪しく光り輝く魔法陣があった。
罠《わな》か！
しかし気付いた時にはもう遅い。

魔法陣が発動し、そこから出てきた黒い鎖が俺の身体に巻き付く。

「まさか成功するとは思いませんでしたよ」

くそっ、勝ちを焦って注意力が落ちたか！

「俺もだ。まさかあの一瞬で罠を仕掛けるとは思ってなかったよ」

「これで終わりです！　楽しかったですよ」

勝ち誇った表情のシュバルツが剣を振り下ろし、鮮血が舞った。

第13話　激闘決着！

「ふふ、私の勝ちですね」

鎖ごと断ち切られ、地面へと落下していく俺を尻目に、神都を見渡しながらシュバルツが笑う。

「さて、あとはゆっくりこの神都を……？　おかしいですね、なぜ結界が残っているのです？」

そこでシュバルツはハッとしたように目を見開く。

「まさか――」

「ああ、そのまさかさ」

背後からの俺の声に、シュバルツは振り向き驚愕の表情を浮かべた。

なぜならそこに、五体満足な俺が立っていたからだ。

「っ!? なぜ無事なのですか!? 今まさに落ちていっているはずでは――」

そう言って足元に向けた視線の先で、俺の身体は霧散して消滅した。

「……なるほど、そういうことですか。あの落ちていったものは、魔力で作った人形のようなものだったのですね。しかし傷まで綺麗さっぱり消えているとは驚きましたよ」

「まあ、回復魔法が使えるからな」

「普通の回復魔法で治せるような傷ではなかったと思いますが……まあいいでしょう」

シュバルツは俺のやったことを理解したようだ。

俺は斬られた瞬間、最低限の回復をしながら落下。

そしてシュバルツが俺から視線を外した瞬間に、魔力で俺の姿をした人形を作り出し、俺本人は回復しながらシュバルツの背後に移動した、というわけだ。

「先ほどの一撃でとどめを刺せなかったことは悔やまれますが、戦いはまだまだこれからですよ！」

後方に跳躍して身構えるシュバルツに、俺は冷たく言い放つ。

「いいや、これでおしまいだ」

俺はシュバルツを消滅させるに十分な魔力を使った光魔法を刀に纏わせ、そのまま振るう。

自身を葬り去るほどの一撃が迫る中、シュバルツは楽しそうに笑った。

「フフフ、ここに来てそんな一撃を放ちますか！ ですがまだ終わりません！」

そんな言葉と同時、シュバルツから真っ黒な魔力がすさまじい勢いで立ちのぼり、天を衝いた。

その勢いに、俺が放った斬撃は掻き消されてしまう。

そして同時に、エリスが警告を発した。

《シュバルツがスキル限界突破を獲得したようです》

なんだって⁉

そう驚く俺の目の前で、シュバルツの全身から立ちのぼっていた魔力が、彼の身体へと吸い込まれていく。

左腕も再生していき、見た目は最初と何も変わらないが、その内に秘める魔力は膨大なものになっていた。

「フフフッ、これが限界突破ですか。私は今、あなたを超えているような気がしてなりません」

楽しそうに笑うシュバルツを睨みつつ、俺は戦力の分析をする。

まずいな、あの言葉は虚勢でもなんでもないぞ。

エリス、実際のところはどうだ？

《現時点で能力的に互角、同時に今のマスターは、あと五分ほどで戦闘可能限界を迎えると思われます。率直に言って、勝率は五分五分です》

なるほど。

結界のせいで弱体化しているとはいえ、俺だって限界突破を使っている。

しかし今のシュバルツは、その俺と同程度の力を得たのだ。

弱体化さえなければ、ここまで苦戦することなく倒せていただろうが……いや、そんなことを言っても仕方ないか。

とにかく、早々にケリを付けた方がよさそうだな。

そんなことを考えていると、シュバルツが俺に向けて腕を振るった。

「――悪魔の鉤爪《デビルズクロー》！」

シュバルツの放った斬撃は、今まで以上の威力を秘めていた。

俺は空間断絶結界《イージス》で防ぐが、これまで以上の衝撃が襲ってくる。

「試しでしたが、なるほど。これは素晴らしいです！　ですが、やはりその防御結界は破壊できそうにないですね」

「当たり前だ。破壊でもされたらたまったもんじゃない」

「フフフッ、そうでなくては楽しくありません。ですが――あなたはそう長くは持たないのでしょう？」

どうやらシュバルツは、俺の限界突破がそう長くは持たないことに気が付いているようだ。

そのことを指摘されて、俺は素直に頷く。

「ああ、その通りだよ」

「てっきり嘘《うそ》を仰るかと思いました」

「嘘を言ったところで信じないだろうし、そもそも事実が分かってるんだろう？」

「ええ」

頷いたシュバルツは次の瞬間、俺の頭上で爪を振り下ろしていた。

すかさず金剛を使って腕でガードするが、あまりの衝撃に吹き飛ばされてしまう。

「ぐぅっ‼」

さらに追撃として拳を腹に喰らった俺は、口から血を吐いた。

なんとか距離を取ったが……まずいな、明らかにスピードもパワーも上がってやがる。

「今の私の動きに付いてこれるとは、本当にあなたは人間ですか？」

シュバルツは心底驚いたように目を見開く。

実際、今の俺は『超人間《ハイヒューマン》』というもので、『人間』以上の能力上限を持ち、スキルや魔法を獲得しやすい種族だ。

だがシュバルツが確認した俺のステータスは偽装されたもので、そのことをあいつは知らない。

俺は回復魔法を使いつつ、笑って見せる。

「ふん、ただの人間じゃないのかもしれないぞ？」

「それでは何者だというのですか？」

「さあな。勝ったら教えてやる――よっ！」

黒刀に魔力を込めて斬撃を放つも、爪から放たれる斬撃によって相殺される。

何度も斬撃を放つが、結果は変わらなかった。

《マスター。限界突破の効果が残り一分で切れます》

エリスが告げてくる。

だがこのままではシュバルツを倒せない。

強くなったつもりだったが、まさかここに来て、ここまで追い詰められるとは思っていなかった。

焦る俺を眺めながら、高く飛び上がったシュバルツは片手を天へ掲げる。

そしてその腕に、膨大な魔力が集まっていった。

「させるか！」

大規模魔法を使うつもりなのだろう。

阻止すべく俺は高度を上げる。

「邪魔はさせませんよ！　――悪魔召喚門《サモン・デビルズゲート》！」

シュバルツはもう片方の手を俺に向けると、今度は五体の悪魔を召喚した。

「私の邪魔をさせるな！」

「「「「ハッ！」」」」

俺に迫る悪魔を、光魔法を纏った刀で一閃。

まずは三体を倒す。

《残り二十秒です》

エリスが残り時間を告げる中、さらに光魔法と火魔法の複合魔法を放って、残り二体の悪魔を消滅させる。

「させるかぁぁぁああ！」

ようやくシュバルツへと接近し、刀を振りかぶったが——

《限界突破の効果が切れます！》

身体から力がガクンと抜けるのを感じた。

俺はなんとか天歩を維持して、その場に膝を突く。

「ぐっ、あと少しなのに……！」

「ここで終わりとは残念です。ですがあなたと戦えたことで、私は更なる高みへと登れました。感謝しますよ」

目の前でシュバルツの魔法が発動し、夜空に巨大な魔法陣が形成されていった。

そして魔法陣が完成すると同時に、身体の魔力が吸われるような感覚があった。

どうやらあの魔法陣に吸収されているらしく、眼下の神都の人々も魔力を吸われているようだ。

神都中から集まった魔力を抱えた魔法陣を対象にしているのだろう、危機察知が最大限の警戒を促してくる。

《マスター、危険です！　あの魔法は周囲一帯を消滅させるほどの威力を秘めています！》

エリスの珍しく慌てたような声に、俺は歯を食いしばる。

くそっ！　動け、動け、動けっ！

俺は限界突破の反動で動かせなくなった身体に動けと念じるが、依然として力は戻らない。

まだ守り切れていないんだ。コイツを倒さない限り、アイリスとの約束を果たしたことにはならない！

それに俺は、フィーネや皆に「任せろ」と、「必ず戻る」と言ってきた。

だから俺はこんなところで――死ねない！

そう強く思った瞬間、魔力が吸われている感覚が消え、身体に力が戻ってきた。

《――っ⁉　マスターの内包魔力が爆発的に上昇しました。限界突破を上回る勢いです……これは⁉》

エリスが報告する。

そして内々の魔力が高まり続け――俺の視界が真紅に染まった。

これは……俺の身体から魔力が溢れ出ているのか？

そこへ、久しぶりに聞こえる世界の声。

《スキル〈極限突破〉を獲得しました》

おそらくこの魔力と体力の回復にかかわるスキルなのだろうが……細かいことは今はいい。

「――なにっ⁉　何が起きている⁉」

突如として俺の魔力が爆発的に上昇したことに、驚きを隠せない様子のシュバルツ。

「なんという気配ですか!!　ですがもう魔法は完成しているのですよ！」

シュバルツがそう言うと、集められた魔力が魔法陣の中心へと集まり、禍々しく、黒く染まっていく。

そしてシュバルツは魔法名を唱えた。

「――無慈悲ノ終焉《クルーエルエンド》」

魔法陣の中央で蠢《うごめ》く魔力は、シュバルツの言葉を鍵に解き放たれる。

黒い魔力が、まるで龍のようにうねりながら迫ってきたのだ。

「奴のすべてを食らい尽くしなさい！」

圧倒的な魔力が迫る中、俺は眼下の街を眺める。

そこにあったのは、絶望の表情を浮かべる人々の姿。

その中には、両手を握り締め、勝利を祈るようにこちらを見上げるイルミナもいた。

ガウェインやリーベルトさんたちも、迫る絶望を前に俺の勝利を祈っているようだった。

この想い、裏切るわけにはいかないな。

握り締めていた愛刀を鞘に戻し、今ある魔力を可能な限り込める。

既に近くまで迫っているそれに、俺は一閃した。

神速の抜刀。

斬撃が飛ぶこともなく、静かに刀が振るわれる。

が、あと少しで俺を呑み込もうとしていた漆黒の龍は、一切の音を立てずに両断され、遅れて溶けるかのように消えていった。

そして切断面が伝播《でんぱ》するように魔法陣が真っ二つになり、神都を覆っていた弱体化の結界もバリンというガラスが割れたような軽い音を立てて崩れ始めた。

シュバルツは何が起きたのか理解できないでいるようだった。

最高の技と結界を、たった一太刀《ひとたち》で斬り裂かれたからだ。

「そ、そんな。まさか、この私が編み出した究極の魔法が、たった一撃なんて……あなたはつくづく化け物じみていますね」

そんな言葉を聞きながら、俺は刀を納める。

カチンッという高い音が、静寂の空間に鳴り響いた。

そして――

「……なっ⁉」

シュバルツの身体にも異変が起きていた。

胴を裂くように剣線が走り、その足元からゆっくりと消え始めていたのだ。

あの一撃は、シュバルツをも斬っていたのである。

「……フフフッ、そうですか。あの一瞬で私を殺したのですか」

「そうだ。もう二度と復活はできない」

「わかっておりますよ。魂まで斬られては、流石の私でも復活はできませんから……まさかこんなところで敗れるとは思いませんでしたが」

そう言って、自嘲するように嗤うシュバルツ。

「私の負けを認めましょう。ですが、死ぬ前にいいでしょうか？」

「なんだ？」

「どうやってそこまでの強さを手に入れたのですか？」

腰まで消えかけているシュバルツの問いに、俺は答える。

「最初は、死なないために力を欲したんだ。だが今は……」

今はどうだろうか？

——決まっている。

「大切な人を守るため、だな」

満足のいく答えを聞けたのか、シュバルツの表情は満足気だった。

「最後に一つ。あなたは一体何者ですか？」

シュバルツの質問に俺はこう答えた。

「俺は——召喚されたただの異世界人さ。今の種族は超人間《ハイヒューマン》だけどな」

驚いたように目を見開いたシュバルツは、すぐに「フフフッ」と笑った。

「道理で……超人間《ハイヒューマン》でしたか。強いのも納得です。本来のレベルは400超えといったところでしょう？」

「その通りだよ。あれだけ武器を交えたんだ、流石にわかるよな」

そこでふと、気になったことがあった。

「俺からもいいか？」

「ええ」

「超人間《ハイヒューマン》のことを知っているのか？」

既に絶滅している種族だから、何か情報があれば聞きたいと思ったのだ。

「ええ、はるか昔に闘ったことがありますので。その時は私もまだ若く、他数名の悪魔と共に戦い、それでようやく一人を倒せるほどの力しかありませんでした……まあ、今となってはあの者に負ける気はしませんがね。さて、質問は以上でしょうか？」

「ああ」

「では約束の品です」

そう言ってシュバルツは、先ほどまで振るっていた禍々しい剣を投げ渡してくる。

同時に、身体から力が吸い取られるような感覚があった。

「その剣の名は『冥剣《めいけん》ニーグルム』。ちょっと癖がありますが、扱えればとても強力な剣です」

「ありがたく貰っておこう」

そんな言葉を交わしているうちに、シュバルツは腕や肩まで消え、首から上を残すのみとなっていた。

「さて、流石にお別れのようです。最後にあなたと戦えたこと、とても嬉しく、誇りに思います……では、さようなら」

そうあっさりと言って、シュバルツは完全に消滅した。

それを見届けた途端に極限突破状態も解け、完全に脱力しかかる。

「気を抜くと気絶しそうだな。こんなの初めてだよ……そうだ」

俺は眼下に張っていた空間断絶結界《イージス》を解除し、シュバルツから貰った剣を異空間収納にしまっておく。

俺はなんとか天歩を維持しながら、階段を下りるようにゆっくりと大聖堂へと降りていく。

すると、そこで気が付いた。

眼下の民衆が皆、俺を見上げていたのだ。

何だ……？

《マスター。民衆はマスターの勝利宣言を待っているようです》

「そうなのか？　まあ、やるだけやっとくか」

俺は愛刀を天に掲げ宣言する。

「――俺たちの勝利だ!!」

一瞬の静寂ののち、神都中が歓喜で湧《わ》いた。

第14話　戦いの後は

俺はそのまま、大聖堂へと降り立つ。

ああ、早く寝たい……

そんなことを思っていると、フィーネやアイリス、鈴乃、エフィル、アーシャ、クゼルが駆け寄ってきた。

いつの間に来てたんだ？

「なんで皆いるんだよ……宿にいろって言ったのに……」

「ゆっくり見てるなんて、できるわけないじゃない！」

「それに、ハルトさんが負けるわけがないって思っていたから、ここまで迎えに来たんですよ」

アイリス、フィーネが答えると、他の面々も同意するかのように頷いていた。

実際は危なかったが……それは言わないでおこう。

「勝てたからよかったが……まあ皆が無事ならそれでいいか」

「ハルトさん！」

そこで、今にも泣き出しそうな表情のイルミナに声をかけられた。

その後ろには、リーベルトさんとガウェインもいる。

「……どうした？」

「その、なんとお礼を言ったらいいか……」

なんだ、そんなことか。

「礼を言うなら、俺じゃなくてアイリスに言ってくれ」

「え？　ですが……」

「言ったろ？　アイリスがイルミナを助けて欲しいって言うから助けたんだ。な、アイリス？」

俺はそう言ってアイリスの方を見た。

笑みを浮かべたアイリスはイルミナに向かって頷く。

「だってイルミナは友達だからね！　友達を助けるのは当たり前だよ！　まあ、私が助けたんじゃなくてハルトだけどね」

「ま、そういうことだ」

そう言うと、イルミナはアイリスに抱き着いて泣き出してしまった。

泣いているイルミナをよそに、リーベルトさんやガウェインも感謝の言葉を告げてくる。

「ハルトさん、ありがとうございます」

「ハルト、私からも感謝する」

深々と頭を下げる二人。

「頭を上げてくれ。話なら中でしないか？　……まだ無事な部屋があればだが」

「はい。そうしましょうか」

リーベルトさんは苦笑して、ボロボロになった大聖堂を振り返るのだった。


それからしばらく経ってイルミナが泣き止んだところで、俺たちは大聖堂にある一室へと向かった。

席に着いて早々、リーベルトさんが改めて頭を下げてきた。

「ハルトさん、この度は神都――いえ、ベリフェール神聖国を救っていただいて、ありがとうございます。我々一同、ハルトさんに心より感謝致します」

リーベルトさんに続いて、イルミナとガウェインも俺へと頭を下げる。

「よしてくれよ。さっきも言ったが、俺はアイリスに友達を助けてくれと言われたからやっただけだ」

「ハルトは優しいから助けるなんて当たり前よ！」

ドヤ顔をするアイリス。

どうしてアイリスがここで胸を張るんだよ。

しかしフィーネや鈴乃たちも、うんうんと頷いている。

ちょっと恥ずかしくなってきた。

「そうでしたか。それで報酬の件ですが……」

リーベルトさんはそう言って俺を見た。

だが、リーベルトさんより先に俺は口を開いた。

「報酬はいらない。気持ちだけで十分だ」

「そう言っていただけるのはありがたいです。しかし、ハルトさんは国を救ってくださった英雄なんです。せめて何かお礼をさせていただきたい。ハルトさんが望み、私たちが用意できるものならば何でも構いません」

そう言われてもな。指名依頼の時も思ったけど、金は十分あるし、地位や名誉だっていらない。

今はまだ旅を続けてるし、そのうち元の世界に帰るつもりだからな。

「そうだなぁ……なら、この国への出入りを自由にしてくれ」

「そんなことでよろしいですか？」

「ああ。検問がなくなるだけでも十分だよ」

「ですが……」

リーベルトさんはまだ物足りなさそうにしていた。

そこで、イルミナが口を開く。

「お父様、いいではないですか」

「イルミナ？」

「だって、ハルトさんは冒険者です。お礼をする側として何か物足りないのはわかりますが、私たちにできるのは、望まれた支援を全力で行なうことではないでしょうか？」

イルミナの言葉に、リーベルトさんは頷いた。

「……そうですね。イルミナの言う通りです。ハルトさん、しばらくお待ちいただいても？」

「わかった」

リーベルトさんは近くにいたシスターに紙とペンを持ってきてもらうと、ものの数秒で何かを書き終え、そこに印を押す。

「──できました。これは私からハルトさんに渡す身分証になります。これがあればこの国中、ほとんどの場所に自由に出入りができます」

「ありがとう」

リーベルトさんから受け取り、内容に目を通す。

書かれていた内容は、『この者、冒険者ハルトの身分はこの私、リーベルト・ハイリヒが保証する』と書かれていた。

「確認した。助かるよ。これって、俺の仲間たちにも適応されるのかな？」

「いえ、それはハルトさんだけとなります。ですが安心してください。ガウェイン聖騎士団長、アレをお願いします」

「わかりました」

リーベルトさんはガウェインから受け取った何かを、テーブルの上に置く。

それは十字の形をした、簡素なナイフだった。

「これは？」

「他の方々にお渡しする身分証となります。ハルトさんに手渡したものよりも権限は低いですが、それでも国内で自由に動けると思います。人数分用意してありますのでどうぞ」

リーベルトさんがそう言うと、控えていたシスターから、アイリスたちにナイフが手渡された。

受け取った皆は、一人一人、リーベルトさんに感謝のお礼をする。

と、そこでアイリスがこちらに向き直る。

「ハルト、いいかしら？」

「どうした？」

「黒幕って誰だったの？」

「それは……」

言ってもいいものかと、俺はリーベルトさんの表情を窺う。

「構いません。ですが民には言えませんので、ここだけの話ということで——すみません、シスターと聖騎士の皆さんは、部屋の周囲の警戒をお願いします」

リーベルトさんはシスターや聖騎士たちに、この部屋から出て行ってもらうように伝えた。

彼らも黒幕を知っているはずだが、どこかで民衆の耳に入らないよう、見張りに立たせたのだろう。

準備が整ったところで、リーベルトさんが口を開いた。

「イルミナを攫ったのは、アルベン枢機卿らを幹部とした、悪魔教団の者でした。彼らによって最上位悪魔が召喚され、このような事態となったのです……ですが、このことを民に伝えるわけにはいきません」

まあそうなるよな。

神聖国の重鎮でもある枢機卿が悪魔崇拝をしていて、しかもこんな事態を招いたのだ。真相が広まったら国の信頼が失墜することは間違いない。

それを聞いたアイリスは、納得したように頷く。

「枢機卿が……ね。それなら真相を民に伏せるのも納得ね」

へえ、アイリスのことだから、真実を隠さず公表すべき、みたいなことを言うと思ったんだけどな。

「アイリスもそう思うのか」

「当たり前よ。民が不安になって暴動でも起きようものなら、いらない犠牲が出るでしょう？　それは避けるべきよ」

やっぱりアイリスは王女として、ちゃんと民のことを考えてるんだな。王都の人たちに好かれているわけだ。

リーベルトさんは頷くと、ガウェインに向き直る。

「ガウェイン聖騎士団長はどう思いますか？」

「はい。アイリス王女の仰る通り、暴動が起きかねません。今回はアルベン枢機卿らに悪魔が乗り移ったとでもした方がいいでしょう」

無難な落としどころだな。

リーベルトさんも納得したようだ。

「そうですね。ではそのように情報を流してもらえますか？」

「はっ、お任せてください」

そんな話をしている中、なぜかイルミナがチラチラとこちらを見ては、そわそわしていた。

「イルミナ、どうした？」

「ふぇっ!?　あっ、いえ、なんでも、ない、です……」

ソワソワ、チラチラ。

……めっちゃ気になるだろうがぁぁあ!!

「イルミナ、どうかしましたか？　妙に落ち着きがありませんね」

リーベルトさんに問われたイルミナは、頬を赤らめつつもようやく口を開いた。

「その、報酬の件で……」

「ハルトさんには報酬は渡しましたよ？」

「いえ、そうではなくて……」

「はっきりと言ってください」

「は、はい。その、し、神都を救う報酬として、その……」

この場の全員がイルミナを凝視している。

「私のすべてが報酬と言ってしまって……！」

イルミナはさらに頬を真っ赤に染めると、両手で顔を覆ってテーブルに突っ伏した。

その瞬間、フィーネ、アイリス、鈴乃、エフィルの婚約者たち四人から、鋭い視線が突き刺さる。

ツーッと嫌な汗が俺の背中を流れ落ちた。

「ハルトさん？」

「ハルト？」

「晴人くん？」

「ハルトさん？」

四人の目から光が失われてるのは気のせいか？

クゼルに視線を向けるが知らん顔をしているし、アーシャは呆れ顔だ。

ゼロはそもそも興味がないのか、目を閉じて静かに佇《たたず》んでいた……寝てないよね？

俺は慌てて、四人に言い訳する。

「えっと、あの、断ったよ？」

なんとかそう言ったが、四人からの視線はさらに冷たくなる。

そこに、ほんの少し顔を上げたイルミナが口を開いた。

「ハ、ハルトさん、ダメ、ですか？」

瞳を潤ませ、こちらを見るイルミナに、俺は何も言えなくなる。

すると、アイリスが元気よく声を上げた。

「私は歓迎よ！　そもそもイルミナとは友達だし」

アイリスはいいみたいだが……

フィーネが俺に声をかけてくる。

「ハルトさん」

「はい、なんでしょうか」

「私から見ても、イルミナさんはいい人で素敵な方です。ですが、こうも行く先々で新しいお嫁さんを増やされたら、私はハルトさんに構ってもらえません……」

悲しそうに俯くフィーネ。

「フィーネ……」

俺も婚約者を増やしたくて増やそうとしているわけではないのだが……

というかそもそも。

「フィーネ。前も言ったが、俺にとっての一番はフィーネだ。もちろん他の皆だって好きだ。でもフィーネがそんな悲しそうな顔をするんだったら俺は──」

「ハルトさん！」

しかしそこで、フィーネが言葉を挟んできた。

「増やしても何も言いません。ですが、私も含めて、皆を愛してほしいです。それさえ守ってくれるなら、私は反対しませんよ」

「もちろんだ」

「ありがとうございます！」

俺が頷くと、フィーネは笑顔でそう言った。

「フィーネちゃんがいいなら私もいいよ。でも次からは、増やす前に私たちが会議するからね！」

「そうです！　婚約者会議するんですから！」

鈴乃にエフィル……婚約者会議ってなんだ？

でもまぁ、四人ともいいってことかな。

とりあえず命拾いしたようだ……なんて考えてたら、リーベルトさんの低い声が聞こえてきた。

「ゴホンッ。ちょっといいですかね、ハルトさん？」

「はい、なんで、しょう……か……？」
ヤ、ヤバイよ。目を見なくても声色でわかるよ。
絶対怒ってるよ！

「イルミナを、ハルトさんの婚約者に？」

ぎこちなくそちらに顔を向けるが、リーベルトさんから発せられるオーラが物凄い。

見えないが、オーラを幻視してしまう。

それに加えて血走った目が怖い。教皇がしていい目ではないだろ⁉

やばい、どうしよう？

「それで？　私の最愛の娘であるイルミナをどうしたいのですか？　怒らないから言ってください」

いやいやいや！　もうオーラが怒ってますよ⁉

変な発言をしたら殺しにかかってきそうな、そんな危ない目をしてますけど⁉

俺はリーベルトさんへの返事を、一番信頼できる手段で選ぶことにした。

その手段とは――エリスである。

エリス！　最適解を‼

《……ありません》

なん、だと……？　エリスでも答えられないというのか⁉

俺が内心で愕然《がくぜん》としていると、リーベルトさんが畳みかけてくる。

「ハルトさん、どうなんですか？　黙っていてはわかりませんよ」

圧が凄い。

フィーネやアイリスたちに助けを求めるも、スッと視線を逸らされた。

自分でなんとかしろ。そう言っているのだ。

イルミナを見ると視線が合う。

瞬間、イルミナは頬を紅潮させ、それを見たリーベルトさんからの圧が増した。

くっ、仕方ない！

俺は意を決して答える。

「それは俺が決めるべきことではない。いや、決めるべきなのだろうが……」

「どうしたのですか？」

「イルミナの本心が聞きたい」

俺がそう言うと、一同の視線がイルミナへと集まる。

リーベルトさんがイルミナに問う。

「イルミナはどうしたいのですか？　好きなようにしなさい」

そう言われたイルミナは、真っ赤な顔のまま口を開いた。

「お父様、そ、それはその、正直に言ってしまうと、その、は、ハルトさんのことがす、すす好きです！」

言い切ったイルミナは、再び両手で顔を覆ってしまう。

見ていてとても可愛い。

「イルミナ……わかりました。恋愛に関しては人それぞれです。元々、イルミナには自由に恋愛をしてもらいたいと思っていましたから」

「お父様、ありがとうございます！」

イルミナは満面の笑みでお礼を言う。

そして、リーベルトさんは続けて俺を見た。

「ハルトさん、あなたはどう考えているのですか？」

「イルミナの気持ちは正直嬉しいよ。だから俺から言わせてほしい」

俺は椅子から立ち上がりイルミナの側で膝を突くと、まっすぐに見据えて口を開いた。

「イルミナさえよければ、フィーネたち皆と一緒に俺のことを支えてほしい」

そう言って手を差し伸べる。

「は、はい。その、よろしくお願いします」

イルミナは頬を紅潮させながらも笑みを浮かべ、俺の手を取ってくれた。

それはまるで、向日葵《ひまわり》が咲いたかのような、最高の笑みであった。

「やったわね、イルミナ！」

アイリスたちがイルミナへと近寄ってくる。

「アイリス……は、はい！　それと皆さん、よろしくお願いします！」

俺の婚約者であるフィーネ、アイリス、鈴乃、エフィルへ挨拶《あいさつ》をするイルミナ。

「改めまして、フィーネです。よろしくお願いしますね」

「鈴乃です。これからよろしくね」

「エフィルと言います。よろしくお願いしますね」

「よろしくお願いします！」

イルミナと挨拶をした三人は握手する。

「改めてよろしくね、イルミナ！」

「こちらこそよろしく、アイリス！」

とりあえず、仲良くしてくれそうなので何よりである。

そんな四人を眺めていると、リーベルトさんが声をかけてきた。

「ハルトさん」

「どうした？」

「イルミナを頼みます。教皇ではなく父として、よろしくお願いします」

その目は真剣だった。

適当に返すわけにもいかないことなので、俺はリーベルトさんの目をしっかりと見て返す。

「任せてください。イルミナは何があっても守り抜きます。もう俺の婚約者ですから」

敬語なのは、リーベルトさんの娘を引き受ける側としての誠意でもある。

「……ありがとうございます。それにしても、敬語のハルトさんには慣れませんね、いつも通りでいいですよ。それで、イルミナも旅に連れていくのですか？」

「いや、イルミナは聖女だ。そんな簡単に連れていくとは言えないよ。そもそも、イルミナはどうしたいんだ？」

その言葉に、イルミナがこちらを見た。

「……私もハルトさんについていきたいです。でも、神都がこの状況で混乱しています。今回は聖女としての役目を果たします」

イルミナは聖女として、国の役に立ちたいと思ってるんだな。

俺としてもイルミナの想いは尊重したいし、無理やり連れ出すなんてことはしない。

「わかった。リーベルトさんもそれでいいか？」

俺が頷きながら問うと、リーベルトさんも頷いた。

「わかりました。正直そうしてもらえた方が助かります。それでハルトさん、いつこの神都を出立するおつもりですか？」

「そうだな、帝国の闘技大会に出るつもりなんだけど、ある程度早めに到着しておきたいから……ここにいるのはあと二、三日くらいかな。それまではゆっくりするつもりだよ、色々あったからな」

本当に疲れたわ……

正直、早く帰って寝たい……もうキツいんだ。

「そう、ですか……」

思っていたより俺たちの出立が早かったのか、イルミナが少し落ち込む。

「大会が終わったら、またこっちに戻ってくるよ」

「約束ですからね！」

詰め寄って俺の両手を握り、真剣に見つめてくるイルミナ。

ふわりと花のような香りが俺の鼻腔《びこう》を突く。

「ああ、約束だ」

そこで、リーベルトさんが俺たちに向けて口を開いた。

「ハルトさん、皆さんも今夜は部屋を用意しております。ゆっくり休んでください」

「ああ、助かる。正直、宿まで行くのもしんどいくらいなんだ。代わりと言ってはなんだが、明日は街の復興を手伝うよ」

大聖堂もけっこう壊れてるし、悪魔召喚が行なわれた建物周辺や、ゼロとシュバルツが戦った際の街の被害がそれなりにあるはずだ。

「いいのですか？　そこまでしていただいて……」

「ああ、このまま帝国に行ったら、心残りになるからな」

それに、ゆっくりするつもりだといっても、復興くらいなら、俺の力があればそんなに大変じゃないだろうからな。

そんなことを思いながらそう言うと、リーベルトさんは笑みを浮かべた。

「ありがとうございます。是非お願いします」

「じゃあ、細かいことは明日でいいかな？　とりあえず今日は、部屋に案内してほしい」

「ええ、もちろんです」

リーベルトさんは部屋の外にいたシスターを呼ぶと、俺たちを部屋に案内するように言いつけるのだった。

第15話　復興作業

翌日、俺が目を覚ますと、既に昼を過ぎていた。

自分でもけっこう疲れているとは思っていたけど、ここまでとはな。

皆はもう、動き始めているのだろうか？

そう思いながら部屋を出たところで、フィーネと出くわした。

「おはようございます、ハルトさん。ぐっすりでしたね」

「ああ、爆睡してたみたいだ」

「昨日は相当疲れた顔をしてましたもんね」

「……そんなにか？」

そこまで顔に出したつもりはなかったが……

「はい。それなりに一緒にいますから、それくらいわかりますよ」

どうやらフィーネにはバレバレだったようだ。

「それに私だけじゃないですよ？　皆わかってましたから」

「え……？」

それであの後、アイリスたちは特に追及もせずに、すぐに自分に与えられた部屋に向かったのかな？

「マジか。なんか気を使わせて悪かったな」

「気にしないでください。それよりも、お腹は空いてますよね？」

俺が頷くと、フィーネは「ついてきてください」と言って、大聖堂の外へ続く廊下を進んでいく。

外に出ると、庭になっているスペースで配給が行なわれていた。昨日の戦闘で家が倒壊した者たちを対象としているそうだ。

ちなみに悪魔召喚の犠牲者になった者以外にも死者が出ており、その追悼式が改めて行なわれることになったそうだ。

「私もこれからなので一緒に食べませんか？」

「そうしようか。他の皆は？」

そう尋ねると、どうやら俺が寝ている間に復興を手伝っていたようで、それぞれ自分の持ち場にいるとのことだった。

俺だけ寝てて、なんだか申し訳ないな。

そう思っているのが顔に出ていたのか、フィーネが笑みを浮かべる。

「ハルトさんは頑張っていたんですから、気にしすぎですよ。それに、今度は何もしていない私たちが動く番ですから」

「ありがとう、そう言ってくれると気が楽だよ」

そんな話をしながら配給を取りに行くと、イルミナが手伝っていた。

「ハルトさん、起きたのですね」

「今さっきな。一人だけ寝ててすまん」

謝る俺に、イルミナは慌てて顔の前で両手を振った。

「そんな。ハルトさんに助けられた人は大勢います。誰も咎めたりはしません」

「そう言ってもらえると嬉しいよ。それで配給だけど、貰うだけってのも気が引けるし、こいつも使ってくれ」

俺はそう言って、異空間収納に入れていた食料を取り出した。

だいたい二百食分くらいはあるだろうか。

毎回買い足したり魔物の肉を採取したりしていたら、こんな量になったんだよな。

「こ、こんなにいいんですか!?」

イルミナがそう言うと、こちらに気付いたのか他のシスターたちも目を見開いていた。

「ああ。旅の分は十分に足りてるから、好きにしてくれ」

「ありがとうございます!!」

シスターたちも口々にお礼を口にする。

それから俺とフィーネは昼食を食べ終えると、さっそく復興作業に向かった。

フィーネが午前中手伝っていたという悪魔召喚が行なわれた建物の付近は、どうやら人が足りているとのことなので俺は他の場所を見て回ることにする。

まずは今いる大聖堂はどうなのだろうと思い昨日の場所に行ってみると、リーベルトさんがいた。

「リーベルトさん」

「おや、ハルトさん。ゆっくり休めましたか?」

「ああ、おかげさまでな……どうかしたのか?」

職人らしき服装の人たちと考え込んでいた様子だったので、そう聞いてみる。

「それが、この大聖堂を直すのにどれだけ時間がかかるか話していたところで……このままだと、数ヶ月はかかってしまいそうなのです」

数ヶ月はかかってしまう、って……けっこう壊れてるように思うんだけど、ここの職人はこれを数ヶ月で直しきるのか!? 十分に早い方だと思うんだが。

しかしリーベルトさんたちは、もっと早く直したいようだ。

そこで俺は、建築物を再生できるスキル等が存在しないか、エリスに確認してみる。

《存在します——スキル再建を取得しました。半径十メートルの範囲内の建築物の時間を巻き戻し、再生することができます》

こんなに復興にぴったりの魔法まであるのか！

半径十メートルってのがちょっと心もとないが、これなら手早く復興作業ができそうだぞ。

俺はさっそく、そのことを伝える。

「リーベルトさん、ちょっといいかな？」

「どうしました？」

「大聖堂だが、俺が直してもいいか？　丁度使えそうなスキルを持っててね」

少し考えてから、リーベルトさんは頷いた。

「わかりました。では試しにこの一部を直してもらえますか？」

「ああ、少し離れててくれ」

俺に従って少し離れるリーベルトさんたち。

俺は崩れた壁に手をかざして、再建スキルを発動した。

するとまるで逆再生かのように、崩れた壁が元に戻っていった。

わずか数秒の出来事に俺は内心びっくりしたが、それよりもリーベルトさんや職人たちは目を見開いて驚いていた。

「い、一瞬で直った……凄いですね」

「便利なスキルだな」

リーベルトさんたちは、まじまじと修復された箇所を見てそう呟く。

俺はそんなリーベルトさんに尋ねる。

「ここは俺に任せてくれないか？」

「そうですね、お任せしてもよろしいでしょうか。あと、もし差し支えなければ、どんなスキルなのか聞かせていただくことはできますか？　無理にとは申しませんが、あまりにも元通りなので、気になってしまいまして」

うーん、時間操作系っぽいし、あまり言いふらすと騒ぎになるよな？

俺は一瞬悩んだが、「リーベルトさんだけになら」と答える。

「わかりました。決して誰にも他言しません」

「なら話すよ」

リーベルトさんはすぐに職人たちに席を外すように伝え、その場には俺とリーベルトさんだけになった。

念のため、自分のスキルでも誰もいないことを確認してから、リーベルトさんに教える。

「さっき使ったスキルの名前は、再建というものだ」

「再建、ですか……？」

いまいちピンと来ていないようだった。

「対象範囲の時間を戻して、元通りにするスキルだな」

そう簡単に説明すると、リーベルトさんはしばらく言葉が出ないほど驚いていた。

「……強力なスキルですね。時間を巻き戻すスキルなど聞いたことがありませんから、もし知られれば大きな騒ぎになるでしょう。ハルトさんが隠す意味が理解できました。そのようなことを教えていただいてありがとうございます」

「気にしないでくれ。このまま大聖堂は直すけど、表向きは、瓦礫を動かすとか建築物を作るみたいなスキルってことにしてもらえると助かる」

「はい。よろしくお願いします」

頭を下げるリーベルトさん。

そのままリーベルトさんは職人たちに事情を説明し、大聖堂以外の建物を直しに向かった。

さて、スキルの有効範囲は十メートルだけど、けっこう広範囲にわたって壊れてるから、それなりに時間がかかりそうだな。

俺は気合いを入れると、さっそく作業に移るのだった。


小一時間ほどすると、作業は終わりに近付いてきた。

建物の内部はほぼ終わったので、後は外から見える部分だけだ。

スキルを使うのには集中力が必要なので、なかなか疲れるんだよな。

額の汗を拭っていると、背後から声をかけられる。

「ハルトさん、お疲れ様です」

「イルミナか」

そこに立っていたのは、コップと水差しを持ったイルミナだった。

「お父様から、ハルトさんが直してくれていると聞いてきたのですが……随分と速いですね」

イルミナは目を大きく見開いている。

「でも、ずっと働きづめだったでしょう？　そろそろ休憩でもいかがですか？」

「う～ん、そうだな。少し休憩しようかな」

俺はイルミナの言葉に素直に従うことにした。

大聖堂から出た俺たちは、近くの木陰に座り込む。

「どうぞ」

「ありがとう」

イルミナが水を入れて差し出してくれたコップを受け取った俺は、ゴクゴクと喉《のど》を鳴らしながら一気に飲み干した。

ふう、生き返った気分だ。

「それにしてもどんな魔法を使ったのですか？　こんなに速く直せるとは思いませんでした」

「そうだな」

もう婚約者なわけだし、隠す必要もない。

俺が正直にスキル再建のことを話すと、イルミナは大きく目を見開いた。

「そ、そんな神の御業《みわざ》のようなスキルがあるのですね」

「大袈裟だよ、効果範囲も広くないし、大したスキルじゃないって」

苦笑する俺に、イルミナはグイッと顔を寄せてくる。

ふわっと花のようないい香りが俺の鼻をくすぐる。

「そんなことはないです！　ハルトさんがやってることは凄いことなんですよ！　誇ってください！」

「お、落ち着いてくれ。言いたいことはわかったから！」

「本当ですか？　本当にわかっているのですか？」

「ああ、だからその、ちょっと顔が近すぎると思うんだけど」

「〜〜ッ!!?」

俺がそう指摘すると、イルミナはバッと離れ、みるみるうちに顔を赤くしていく。

「ご、ごめんなさい!!　私ったら……！」

「いや、嫌いって意味じゃなくてな、周囲の目もあるからさ」

俺はそう言い訳するが、正直自分が恥ずかしいだけだった。おそらく俺の顔は今、イルミナに負けずに赤くなっていることだろう。

「……さて、それじゃあ俺は作業に戻るよ」

俺は誤魔化すようにそう言って立ち上がる。

「はい。よろしくお願いします」

「ああ。それと水、ありがとう」

「——ッ!? は、はいっ！ では頑張ってください」

お礼を言われて嬉しそうに笑ったイルミナは、たたたっと駆けていく。

そしてすぐに、さっきの俺たちを見ていたらしい同い年くらいのシスターに捕まって、顔を赤くしていた。

そんな微笑ましい光景を見ているうちに、何だか元気が出てきた俺は、作業を再開させるのだった。


「——やべぇ。やりすぎた……」

作業を終えた大聖堂を見て、俺は思わずそう呟いた。

大聖堂の外観は、すっかり元通り……を通り越して、完成したてのような美しさになっていたのだ。

折角だし、今回の戦闘で壊れた部分以外も、全体的に汚れとかを綺麗にしようかな、と思ったが故《ゆえ》の結果である。

……これ、後で怒られないかな？

そう思った矢先のことだった。

「ハルトさん。もう終わられたので……へ？」

「ハルトさん、お疲れ様で……ふぇ？」

リーベルトさんとイルミナが大聖堂の中から出てくると、修復が終わった大聖堂を見てそんな声を漏らした。

完全に固まっている。

何事かと出てきた聖騎士やシスターたちも、全く同じ反応だった。

固まること数分、状況をようやく理解したのか、リーベルトさんとイルミナが口を開いた。

「ハルトさん、大聖堂はこんなにも白く神々しかったですか……？」

「ハルトさん、一体何をしたのですか？」

二人の言葉に俺は冷や汗を流しながら答える。

「や、やりすぎた、かな……？　ちょっと汚れてる部分を綺麗にして、小さな傷とかを直してたら、こんな感じになっちゃったんだけど……」

俺の言葉に、二人とも顔を引きつらせる。

「……それにしても、やけに神々しくないですか？」

「イルミナの言う通りだ。ただ白いだけじゃない気がするのだが、どうなのだ？」

イルミナとリーベルトさんは何かに気が付いたようだ。

俺は後から改めて伝えるつもりだったそれを説明するため、二人についてきてもらう。

向かったのは、大聖堂の中の一室、俺が昨日泊まった部屋だ。

俺はテーブルに置かれたものを見せた。

「実は、また何かあっても大聖堂を守れるように、結界を発動できる魔道具を作ったんだ。たぶん、その結界のせいで神々しく見えてるのかもしれないな」

「結界、ですか……？」

二人はよくわかっていない様子だ。

俺は実際に魔道具を手に取って見せながら説明する。

魔道具の形は普通の盃《さかずき》のようなもので、色は金色。中には水が入っている。

鑑定スキル持ちでないと、魔導具とはわからないだろう。

「これだ。設置型だが、使用することで対魔法、物理結界を展開できる」

イルミナに渡すと、恐る恐るといった様子で観察している。その隣にいるリーベルトさんも同様だ。

俺はさらに説明をする。

「こいつの名前は『守護《しゅご》の聖杯』。魔力が流れている間、対魔法、物理結界を、この大聖堂全体にかけることができるんだ……今、コップの中に水が入っているだろう？」

俺の言葉に、イルミナとリーベルトさんは頷く。

この液体の正体は、高濃度の魔力である。

聖杯に魔力を注ぐことで、底の方からこの水――魔力水《まりょくすい》が生み出され、聖杯を満たしていく。

この魔力水は結界を発動・維持するために使われていて、枯渇《こかつ》すると結界が消滅し、聖杯が銀色に変わる。

ちなみに結界には、一定のレベル以下の魔物や悪魔を寄せ付けない効果もあるので、もしかすると神々しく見えたのはその効果のせいかもしれないな。

そのことをひと通り説明すると、イルミナもリーベルトさんも、驚きのあまり固まっていた。

しかししばらくすると、どうにか受け入れられたようで、恐る恐る尋ねてくる。

「そ、そのような物をいただいてもいいのですか？」

「そうです。このような高価な品物など」

高性能の魔道具は、当然その価値も高い。

そのために二人は遠慮しようとしているのだろう。

だが……

「また作ろうと思えば作れるし、そもそも俺には必要ないから受け取ってほしい。この大聖堂にしか、結界を張れないからな」

「そうですか……って、また作れるということは、もしかしてこれは、ハルトさんが作ったのですか……？」

イルミナが驚愕の表情で尋ねてくるので、俺は頷く。

「ああ。だけど俺が作れるっていうのは内緒で頼むよ」

「わ、わかりました。では、ありがたくいただきます」

イルミナはそう言って、リーベルトさんと共に深々と頭を下げてくる。

「……それでハルトさん、どのくらい魔力を注げば、この聖杯は満杯になるんでしょう？　それと、その状態から補充をしなかった場合、どれくらい持つんでしょう？」

「そうだな。俺からすれば微々たる量だったけど……」

正直、普通の人が満杯にしようと思ったら、かなりの魔力が必要になると思う。

エリス、実際のところどうなんだ？

《マスターの魔力量を１０００とすると、特に鍛えていない一般人の持つ魔力量の平均はだいたい1、やや多い者で2といったところでしょうか。聖杯を満杯にするのに必要な魔力量は５０ほどですね。また、満杯で結界を維持できる期間は三十日です》

俺ってそんなに魔力量あったのか……まあ、納得はできるんだけどさ。

それにしても、一人分の全魔力を注いで結界を維持できる時間は、だいたい半日くらいか……そもそもこの規模の結界を発動するのに必要な魔力から考えると、相当コスパいいよな。

俺はわかりやすいように、イルミナとリーベルトさんに伝える。

「空の状態から満杯にするには、五十人くらいで、全魔力を注ぎ込めばいいはずだ。満杯の状態から何もしなければ、結界は三十日持つみたいだな。まあ、定期的に複数人で魔力を注ぐようにしておけば、魔力切れの心配はないと思うぞ」

「わかりました。ありがとうございます」

と、そこで俺はもう一つ作っておいた剣を取り出す。

「あと、これも」

「何ですか、これは？」

イルミナは俺から受け取った銀色の短剣を見てそう尋ねる。

「それは『修復の魔剣』といって、それを突き刺した建物に自動修復の性能を与える剣型のアイテムだ。ただし、一度突き刺した剣は抜くと砂になって消えるから、刺し直しはできない。刺す場所は慎重に選んでくれ」

「なるほど、わかりました」

「突き刺す場所については、イルミナたちに任せるよ」

「はい、ありがとうございます。お父様と決めようと思いますが……」

イルミナに視線を向けられたリーベルトさんは、静かに頷いた。

どうやらもう決まっているようだ。

「私としては、礼拝堂の前方中央に短剣を刺してから、祭壇で覆い隠し、その上に聖杯を置こうかと思っています」

「ああ、いいんじゃないか？　わかりやすいし、聖杯への魔力の補充もしやすいだろう」

俺がそう頷くと、リーベルトさんは真剣な目で見つめてきた。

「ハルトさん、こんなものまで、本当にありがとうございます」

「いやいや、気にしないでくれ。それにまだ復興は終わってないんだからさ……さて、それじゃあ俺は、まだ皆が作業してるだろうから、そっちに行くことにするよ」

「何から何まですみません」

リーベルトさんはそう言って、イルミナと一緒に俺を大聖堂の出入口まで見送ってくれたのだった。


さて、けっこう時間は経ったが、まだまだ日が暮れるには早い。

俺はまず、フィーネが向かった悪魔召喚のされた建物に行くことにする。

するとその途中、街中の色々な人が声をかけてくれた。

「神都を救ってくれてありがとう！」

「お前はこの国の英雄だ！」

たぶん、昨日の大聖堂の庭で俺の顔を見ていた人が、服装とか人相とかを広めていたのだろう。

かけられる言葉はどれも感謝のもので、悪い気分は全くしない……むしろ嬉しいくらいだ。

だから俺は皆に手を振って応えた。

しばらく歩くと、昨日潜入したばかりの建物……の残骸《ざんがい》が見えてきた。

周囲の建物も、けっこうな割合で倒壊している。

そこには、フィーネとアイリス、鈴乃、エフィル、アーシャが復興作業を一生懸命頑張っている姿があった。少し離れたところには、住民や大工らしき姿も見える。

「皆、お疲れ様」

俺の声に気が付いたフィーネが振り返り、アイリスたちも作業を中断してやってきた。

「ハルトさん。もう大聖堂の修復は終わったのですか？」

「ああ、これ以上なく完璧《かんぺき》に直して、少し手を加えておいた」

「さ、さらに手を加えたのですか？」

フィーネの言葉がどこかぎこちなく感じるのは気のせいだろうか？

「ハルト、一体何をしたの？」

「いや、そんな大したことはしてないよ」

アイリスの問いにそう返す。

「絶対に『大したこと』でしょ？」

「ですね。ハルトさんですから」

「鈴乃さんとエフィルさんの言う通りですね」

鈴乃とエフィル、そしてアーシャまでもがそんなことを言い始めた。

俺、そんなに信用ないのか……？

少し傷付いたが、日頃の行いのせいだという自覚があるので反論できない。

フィーネたちから早く話せという無言の圧力がかかってきたので、俺は素直に話すことにした。

どうせすぐにバレるし。

「実は――」

俺は皆に大聖堂を直すついでに何をしたのか説明した。

すると……

「結界ですか……相変わらずデタラメなことをしますね」

「フィーネの言う通りよ！　あんな大きな大聖堂全体を覆う結界を張る魔道具なんて」

「ちょっとやりすぎじゃないかな」

「しかも、自動修復まで……」

「教皇様とイルミナ様の呆然とした顔が目に浮かびますね」

フィーネ、アイリス、鈴乃、エフィル、アーシャが口々にそう言う。

なんだか居心地が悪くなった俺は、話題を変えることにした。

「そ、それよりも早く作業を始めようか！」

「ちょっと露骨すぎない？」

鈴乃がポツリとそう呟いたが聞かないことにした。

「それもそうですね。といっても、道路をふさぐような瓦礫は脇にどかして動かしやすくしていますが、廃棄場所がないのと、建築資材がまだ届いていないんです」

フィーネはそう言って、崩れた建物へ視線を送った。

だが、この程度ならなんとかなる……というか、スキルの都合上、逆に瓦礫が残っててよかったよ。

あくまでも時間の遡行《そこう》だから、元あったものがその場にないと、どうなるかわからないんだよな。

まあそうなったら、別の建築系のスキルを獲得すればいいんだけどさ。

「ああ、俺に任せてくれ。さっき教えたスキルがあれば、ここ以外も含めて、日が沈むまでには神都全体の建物は直せるだろうから」

「数時間で、ですか？」

「ああ」

頷く俺。

とりあえず皆を離れさせ、俺はさっそく作業に取りかかる。

倒壊している建物を対象に、サクサクと再建を発動する。

その光景を目にしたフィーネたちは、呆れたように声を出した。

「話を聞いた時も思いましたが……相変わらず非常識ですね」

「ほんとよ」

フィーネとアイリスの会話に、全員が頷いている。

住民たちも非常識な光景に目を奪われて口を半開きにし、ただただ目の前の光景を眺めていたのだった。


それから順調に作業が進んでいき、日が沈み始める前には、見事神都全体の復興が完了した。

家が元に戻ったことで、住民は自宅へと帰っていく。

途中、他の場所で作業していたゼロやクゼルとも合流した俺たちは、そんな彼らを見送っていた。

「私たち、結局何もしてない気がするんですけど……？」

全て終わったあと、フィーネがそう呟く。

そう言わないでほしい。

「俺が寝ている間、色々やってくれてたんだろ？　皆感謝してたじゃないか」

「……そうですね」

素直に頷くフィーネたち。

そんな俺たちが大聖堂に戻ると、イルミナやリーベルトさんが待っていた。

「どうぞこちらに」

一室に案内された俺たち。

俺たちが席に着くと、突然イルミナとリーベルトさんが頭を下げてきた。

「改めて、この度はありがとうございました。この国を治める教皇として、民の代表としてハルトさんたちに心からお礼申し上げます」

「ハルトさん、ありがとうございます」

「何回も言うが気にしないでくれ」

「いいえ。何回お礼をしても足りないくらいです。私たちはそれだけ、ハルトさんに感謝しているのです」

そういうものなのかと、俺は素直に礼を受け取ることにした。

「神都の住民も内心はまだ動揺が残っているでしょうが、明日からはいつも通り、普段の日常に戻れるでしょう」

「ああ、フィーネたちも手伝ってくれたおかげだな」

「そうですね。皆さん、本当にありがとうございます」

するとそこへ、シスターが夕食の用意ができたと報告にきた。

「夕食の準備ができたようです。食事をしながらお話はいかがですか？」

「ああ、ご馳走《ちそう》になるよ。皆もいいだろ？」

フィーネたちに尋ねたが、首を横に振る者はいなかった。

食堂に案内されると、長いテーブルに椅子と料理がずらりと並んでいた。

さっそく席に着いた俺たちは、フィーネたちが住民から聞いた神都の話だとか、俺の作った魔道具がおかしいとか、そんな話をしていた。

その最中、俺は人払いをお願いしてから、リーベルトさんとイルミナに、俺の身の上を明かすことにした。昨日の夜は、タイミングがつかめなくて話しそびれてしまったんだよな。

正直、異世界人でいずれ元の世界に帰ろうとしている以上、イルミナとの婚約もなかったことになるかと思われたのだが……

「ハルトさんが異世界から召喚された人でも私には関係ありません。好きに理由なんていりませんから」

イルミナはそう言って俺に笑みを浮かべた。

「まさに聖女ね……」

鈴乃が隣で呟いた。

同感だ。幻覚なのか、後ろに後光が見える気がしてならない。

「ああ、むしろ、ハルトさんがどうしてそこまで強いのか、納得がいきました。これで安心して娘を任せられますよ」

リーベルトさんも、そう言ってにっこりと笑う。

そこで不意に、アイリスが尋ねてきた。

「ハルト、出発は明日かしら？　明後日かしら？」

「うーん、正直どっちでもいいぞ。何かあるのか？」

俺はそう答えつつ、イルミナが少し寂しそうな表情を浮かべたのに気が付いた。

するとアイリスが、リーベルトさんに向き直った。

「教皇陛下、明日、イルミナをハルトと二人で出かけさせてもよろしいでしょうか？　この国を離れたら、またしばらく戻ってこられないと思いますので」

その言葉に、イルミナが目を見開く。

「アイリス!?　何を言ってるのですか!?」

「フィーネたちもいいわよね？」

しかしそれを無視して、フィーネと鈴乃、エフィルに確認を取るアイリス。

「そうですね。二人きりで出かけた方がいいと思いますよ」

「私もフィーネちゃんと同じかな。しばらく会えないってなると寂しいからね」

「ですね。私もアイリスさんに賛成です」

三人はアイリスの提案に頷いた。

異議はないらしい。というよりも、むしろその方がいいと言っている始末だ。

アイリスに尋ねられたリーベルトさんは、イルミナを見る。

「イルミナはどうしたいですか？」

「私は……」

俯いたイルミナは、少ししてから顔を上げて、俺を見据える。

「会えないのは確かに寂しいです。ですからアイリスの言う通り——というより、私個人としても明日はハルトさんと一緒にお出かけとかしたいです！」

静かに頷くリーベルトさん。

「なら明日は好きにしなさい。ハルトさんも、明日は娘を、イルミナをよろしくお願いします」

「ああ、任せてくれ。イルミナ、明日は思う存分楽しもうか」

「——はいっ!!」

イルミナは満面の笑みで返事をするのだった。

第16話　聖女とデート

——翌朝、元々泊まっていた宿での朝食を済ませて準備を整えた俺は、大聖堂までやってきて、イルミナの部屋の前で待っていた。

フィーネたちが、イルミナの準備を手伝っているのだ。

けっこう長いこと待たされていて、まだ自分の部屋にいてよかったんじゃないか？　とも思ったが、どうやらそういうことではないらしい。

しばらくすると部屋の扉が開かれ、満面の笑みを浮かべたフィーネたちが出てきた。

肝心のイルミナは、その後ろに隠れている。

「イルミナちゃん、凄く可愛いから驚かないでよ？」

鈴乃が自慢げにそう言う。

「私の手にかかればこんなものよ！」

自慢げに胸を張るアイリス。

「本当に素敵ですよ」

フィーネも同意するかのように頷いている。

「女性の私でも見惚れそうです……」

少し頬を染めながらそう言うエフィルに、アーシャも頷いている。

「ほらイルミナ、いつまでも恥ずかしがってないで、前に出なさいよ」

「そ、その恥ずかしいです……」

アイリスにそう急かされつつも、顔だけひょっこりと出して俺の方を見ては視線を逸らすイルミナ。

それだけでもう十分に可愛いのだが……

「もう、ほらっ!!」

「あ、ちょっ、まだ心の準備が！　フィーネさんたちも引っ張らないでください～！」

アイリスたちに腕を掴まれ、イルミナは俺の前に引っ張りだされた。

正直に言おう、物凄く可愛い。

普段の聖女っぽい服ではなく、白を基調としたシンプルなワンピース姿だ。

相変わらず肌の露出は少ないが、それが清楚さを演出している。

ただただ可愛らしかった。

よほど恥ずかしいのだろう、頬を紅潮させて再び隠れようとするイルミナだが、そんなことはアイリスたちがさせなかった。

「恥ずかしがってないで、ちゃんと見せなさいよ！」

「そんな……私、普段はこういった格好はしなくて……」

「イルミナちゃん、なに恥ずかしがっているの」

「やっぱりいつもの服に変えてきます！」

「ダメですよイルミナさん、可愛いんですから自信を持ってください！」

アイリスに鈴乃、フィーネにそんなことを言われてさらに逃げ場がなくなるイルミナ。

涙目のイルミナが俺の方を見て口を開く。

「あ、あのハルトさん、変、ではないでしょうか……？」

顔を赤らめつつも不安気な表情をするイルミナに、ハッキリと、どう思っているかを告げる。

「とても似合っているよ。それに皆が『似合ってる』って言っているんだから、もっと自信を持っていいんだぞ」

「あ、ありがとう、ございますぅ……」

俯きかけたイルミナの背をアイリスが「えいっ」と押した。

「あっ、ちょっと――」

押されたイルミナは俺の胸へと抱き着く形になる。

イルミナの胸が俺の胸に押し当てられ、柔らかな感触が伝わってきた。

「す、すみません！」

慌てて俺から距離を取るイルミナだが、その表情は先ほどから赤いままである。

俺は「気にするな」と声をかけるが、ずっと小声で「ハルトさんの胸に飛びつくなんて……」とか言っているので、たぶん聞こえてないっぽい。

アイリスの方を見ると、何やら親指を立て「気が利くでしょ？」とでも言いたげな表情をしている。

……むしろ逆効果じゃないか？

しかしそんな俺の突っ込みに気付くことなく、アイリスは俺たちをグイグイと押してくる。

「とにかく早く行ってきなさい。またしばらく会えなくなるんだから」

「そうですよ。ハルトさん、イルミナさんをよろしくお願いします」

アイリスとフィーネがそんなことを言ってくるので、俺は「ああ、留守番は任せた」と返し、イルミナに向き直る。

「イルミナ、行こうか……イルミナ……？」

「ふぇっ!?　は、はいっ！」

二度目の呼びかけでハッとしたイルミナは、慌てて返事をするのだった。


大聖堂を出た俺たちはしばらく歩いていたが、イルミナがやけにそわそわして落ち着かない。

「どうかしたのか？　やけに落ち着きがないけど……」

「き、気にしないでください！」

「リラックスしたらどうだ？」

「しているつもりなんですがその、何を話せばいいのかと……」

なるほど。そういうことか。

ここは俺から話題を振るべきなのだろうが、昨日とかもけっこう色々話したし、特にこれといった話題がないことに気が付いた。

「話題がなくても、最近あったことでもいいんだよ。無理して話そうとしなくても、自然と話したりするもんだ」

「そうなのでしょうか？」

「そういうもんだよ」

俺が自分もパッと話題が出てこないのを棚に上げてそう言うと、イルミナは納得したような表情になる。

しかしまた考え込むような仕草になったので、俺はふと、思ったことを告げた。

「そうだった。いきなりこんな展開になって、アイリスやフィーネたちがすまなかったな」

「いえいえ、お気になさらないでください。アイリスは昔からこうでしたから、変わってなくて嬉しいくらいですよ」

苦笑いを浮かべるイルミナ。

へえ、昔のアイリスか。

「アイリスって、昔はどんなだったんだ？」

「昔のアイリスですか？」

「ああ、俺は今のアイリスしか知らないからな。俺の知らないことを教えてほしい」

「いいですよ。そうですね――」

神都を歩きながら、イルミナは昔のアイリスのことを面白おかしく話してくれた。

よかった、緊張は解《ほぐ》れたみたいだな。

するとその最中、イルミナがとんでもないことを口にした。

「それでアイリスの手作り料理を食べたことがありまして」

「……なに？」

アイリスの手料理で、父親であるディランさんがとんでもない目に遭った話を聞いたことがある。

まさかイルミナも被害者だったとは……

「そ、それでどうだった？」

恐る恐る尋ねる俺に、イルミナは顔を青くしながら答えた。

「絶望的でした……お父様やガウェインも被害に……」

「あぁ……ご愁傷様だ」

憐《あわ》れむ俺に、イルミナが俺はどうだったのか聞いてくる。

「ハルトさんは、食べたことがあるのですか？」

「そうだな。アーシャの付き添いでホットケーキを作ってもらったけど……見た目はともかく、美味しかったよ」

「え、美味しかったのですか!?」

驚くイルミナ。

無理もない。アイリスの料理を食べたことがある者からすれば、それが当然の反応と言えるだろう。

「ははっ、そうだな。アイリスに『イルミナがアイリスの手料理を食べたがっている』と伝えておくよ」

「絶対に止めてくださいね⁉」

焦るイルミナ。

「覚悟ができていれば大丈夫だ。もちろん誰かに監修させるよ……たぶん」

「さらに不安にしないでください‼」

少しして、俺とイルミナは「ふふふっ」と笑いだした。

もう、最初の頃のような固さはない。

「どうだ？　少しは肩の力が抜けたか？」

「もしかしてそのために？」

「さあな」

イルミナは俺の顔をじっと見つめると、少しして「そういうことにしておきます」と笑みを浮かべた。


しばらく歩いていると、どこからともなく美味しそうな匂《にお》いが漂ってきた。

「なんだ？」

「あそこからですね」

イルミナが示した方向を確認すると、そこには何かの肉を串焼きにしている屋台があった。

この前歩いた時は屋台が少ないな、なんて思ってたけど、ある所にはあるようだな。

俺とイルミナが見ているのに気が付いた店主が声をかけてくる。

「そこの二人、一本どうだい？」

「これはなんの肉だ？」

「ホワイトバードの肉だ」

ホワイトバードってどこかで……あ、前に食べた肉か！

たしか、グリセントで城を追い出されてから初めて辿り着いた街——ワークスで食べたことがあったっけ。

けっこう美味しかったんだよな。

「ならいただこうか。イルミナはいるか？」

「では私も。ありがとうございます、ハルトさん」

「ってことだ。二本いいか？」

「まいどっ！」

二本の串を差し出す店主。しかし俺がお金を渡したところで、何かに気が付いたのか、口元をアワアワとさせている。

「どうした？」

「そのお名前は……ま、まさか聖女様とこの国を救ってくださった英雄様じゃあ？」

「確かに聖女のイルミナとその英雄だ。でも訂正を一つ。俺は英雄と呼ばれるほどじゃない、ただの冒険者だよ」

「そ、そうかい？　まあいい、二本オマケしとくよ……それと、さっきのお代は返すぜ」

そう言って新しい串とお金を差し出してくる店主に、俺は首を横に振る。

「いや、金は受け取ってくれ。俺が食べたくて買ったんだ」

すると、俺がどうしても受け取らないと理解したのか、店主は引き下がってくれた。

「……そういうことならわかった。だが、こっちの二本は俺の感謝の気持ちだ。受け取ってくれてもいいだろう？」

俺は店主の言葉に頷き、ありがたく貰うことにした。

俺は近くのベンチを見つけて座り、イルミナに串を差し出した。

「ほら。このホワイトバードの肉は美味いんだ。特にこの串焼きだとな」

「そうなのですか？」

俺は頷きつつ、イルミナに尋ねた。

「普段はこういったのは食べないのか？」

「はい。普段は野菜の方が多いですね……こうして買い食いする機会が少なかったというのもありますが」

「なら今日は、食べたことがないものを沢山食べないとな」

「はいっ！」

笑顔で串を受け取ったイルミナは、俺が食べる姿を見て自分も一口食べた。

「――美味しいです！」

想像以上だったのか、イルミナは目を輝かせてさらに食べ進める。

二人してあっさりと二本食べ終え、俺は鉄製の串を店主のところに返しにいく。

それにしても、ワークスで食べたのと同じような味付けだったな。

「美味かったよ、ご馳走様。それで違ってたら悪いんだが、もしかしてグリセントのワークスって街に、同じ串焼きを作る人はいないか？」

「お前、俺の師匠を知っているのか？」

どうやら師弟関係だったようだ。

「ああ、前にその店で食べてな。味が似ていて気になったんだ」

「師匠にはまだまだ及ばないが、そうか、俺も師匠の味が出せるようになってきたのか」

「ああ。負けず劣らず、あんたのも絶品だ」

「そう言ってもらえると、こっちも頑張ってる甲斐があるってもんだ。また食べに来てくれよ。サービスするぜ」

「ああ、また寄らせてもらうよ」

俺は店主にそう告げてその場を後にした。

ベンチで待ってくれていたイルミナと合流して再び街を歩き始めた俺は、目に付いた屋台があればすぐに購入し、色々なものを食べていく。

「ハルトさん。私、これ食べたことがないです」

「なら次はそれを食べようか」

気が付けば屋台のほとんどを制覇していた。

「ふう、沢山食べた気がします」

「だな。一つ一つは大した量じゃなくても、案外お腹一杯になるもんだ」

椅子に座ってお腹をさする俺にイルミナも同意している。

ゆっくりとベンチで話していると、俺の気配察知に反応があった。

反応は四つ。それも、よく知っている気配だ。

思わず俺はため息をついてしまう。

「ハルトさん、どうしました？」

首を傾げこちらを見つめるイルミナ。

「いや、何でもないよ」

ついてきていることを教えたら、イルミナは恥ずかしがってしまって、最初に逆戻りだろう。

だから俺は何も言わなかった。

それにしても、「楽しんできて」と送り出しておきながら尾行とは……いい趣味だな。

というわけで、さっさと撒《ま》くことにした。

「次に行くか」

「そうですね。次は何をしましょうか？」

「歩いていれば何か見つかるんじゃないか？」

「それもそうですね」

納得してくれたイルミナを連れ、俺たちは再び散策を開始した。

もちろん、常に気配を確認しながらだ。

さて、どこで撒こうかな？

と、そこで、裏路地の入口を見つけた。

マップで確認すると、どうやら他の通りに繋がっているようだった。

「イルミナ、こっちに行ってみないか？」

「裏路地ですか？」

疑問符を浮かべるイルミナだったが、すぐに顔が赤くなっていく。

どうしてだろう？

「ま、まさか誰もいない通りで、そ、その、エ、エッチなことを……」

物凄く勘違いをしていた。

「違うからな!?　なんでそんなことを考えるんだよ!?」

「ち、違うのですか？　てっきりふしだらなことをするのかと、こ、心の準備が……」

俺は思わず頭を抱えながら、本当のことを言おうかどうか迷う。

しかし結局、誤魔化すことにした。

「いや、この先は他の大通りに繋がっているからそう言ったんだ。勘違いさせて悪い。嫌なら別の道から行くけど……」

「い、いいえ！　こちらこそハルトさんの意図を汲《く》めず、すみません！」

「気にしてないが、どうする？」

「はい。近いのでしたら抜けて行きましょう」

顔が若干赤いイルミナと一緒に、裏路地を抜けて行った。

路地裏といっても、ちょっと細いだけの道で決して汚くはない。

そこを抜けて見えてきたのは、先ほどとは雰囲気の全く違う、服やアクセサリーといった小綺麗なお店が並ぶ大通りであった。

「一つ出たら、また景観が違って見えるな」

「ほんとですね」

「何か欲しいものとかあるか？」

「いえ、特にそこまでは――って、そうでした。そういえば皆さん、首とかに何か着けていませんでしたか？」

「ああ、ここに来た初日に俺が買って渡したアクセサリーだな」

「そうなのですか」

イルミナの表情に少し影が落ちた気がした。

「イルミナにも何か買おうと思ったんだ。店に入るか」

「い、いいのですか⁉」

「もちろんだ。行こうか」

「ありがとうございます」

嬉しそうにするイルミナ。

よかったとホッと息をつきつつ、例の四人がついてきているかを確認をすると、気配がある。

まだ裏路地を抜けていないので、早々に店に入ることにしたのだった。

◇◇◇

晴人が勘付いていた四人とは、アイリス、アーシャ、鈴乃、エフィルだった。

フィーネが来なかったのには理由があった。

どうせ尾行してもバレるだろうし、そもそも楽しんでいるのを邪魔したくなかったからである。

ちなみに、クゼルはゼロに連れ出されて本屋に連行されていたが、ガウェインたち聖騎士の集団に会い、大聖堂に戻って訓練をしている。たまたま城に残っていたフィーネも同様だった。

場面は戻り、アイリスたち一行は小声で揉めていた。

「アイリス様、流石にバレてしまいますって。大人しく戻りますよ」

「なに怖気付いているのよアーシャ。アーシャだって、気になってるからここまで来たんでしょ！」

「そ、それは～……」

目が泳ぐアーシャに、鈴乃とエフィルが追い打ちをかける。

「そうだよ。それにハルトくんがイルミナちゃんに何をするか気になるじゃん」

「そうですよ。これは婚約者としても大事な責務なんです！」

晴人が聞いていたら「それは違うだろ」と突っ込むようなことを口にする二人。

そんな彼女たちの会話を背に、アイリスは晴人とイルミナに視線を向けていた。

「イルミナ、いつもより嬉しそうね」

「確かに。これは私たちも帰ったら存分に甘やかされないと」

「そうね。スズノの言う通りだわ！」

「流石ですスズノさん」

口々に鈴乃を賞讃《しょうさん》するアイリスとエフィルを見て、アーシャはため息をついていた。

「あっ、移動したわね、速く行くわよ。しっかりと気配を消すのよ！」

グッと親指を立てる二人と、呆れつつも言うことを聞くアーシャ。

四人は再び尾行を開始するが、そんな中、アイリスは晴人たちが食べている串焼きを見て、涎《よだれ》を垂らしていた。

「ちょっ、アイリスちゃん、お腹空いたの？」

「ち、違うわよ！　別にお腹が空いたわけじゃ――」

鈴乃の言葉を否定するアイリスだが、きゅるるると可愛らしい音が鳴り響いた。

「やっぱりですか」

「だと思ったよ」

「ですね……」

アーシャ、鈴乃、エフィルが呆れた声を出す。

「アイリス様、つい先ほど、朝ごはん食べましたよね？」

「もちろんよ！　朝昼晩と抜かずに食べているわ！」

「今日の朝食はパンをいくつ食べました？」

「六つほどかしら」

「そんなに食べていてお腹が空くなんて……」

何も言えなくなるアーシャ。

そこでアイリスは目を輝かせて、名案を思い付いたとばかりに口を開いた。

「そうだわ！　ハルトとイルミナから目を離さなければいいんだし、私たちも楽しみましょうよ！」

アイリスは、「えへん。私ってば天才でしょ！」と言わんばかりのドヤ顔である。

しかし誰もがその提案に乗っからない――とアーシャは思っていた。

「確かに、後をつけているだけじゃつまらないもんね～」

しかし、鈴乃がアイリスの提案に賛成したのだ。

アーシャとエフィルが「え？」という表情で鈴乃の方を見る。

そして鈴乃が、その視線と表情に気が付いて口を開いた。

「だ、だって、こんなにいい匂いが漂ってきたら、そりゃあね？」

分かってよ、とでも言いたげな鈴乃。

「ほらほら、早く行きましょ！」

躊躇《ちゅうちょ》しているアーシャとエフィルの腕を引っ張り、アイリスは出店へと向かっていく。

アーシャもエフィルも、尾行ってなんだっけと思いつつ、アイリス相手には何を言っても無駄なことはわかっているので、見つかったらアイリスと鈴乃のせいにしようと決心したのだった。

それからアイリスたちは、晴人とイルミナを監視しつつも、出店の料理を楽しむ。

「この串焼き美味しいわ！」

「おっ、嬢ちゃん。いい舌じゃないか。オマケにもう一本プレゼントだ」

「ありがとう！」

両手に持ちながら頬張るアイリス。

鈴乃はもちろん、アーシャとエフィルも思い切って、「これ、凄く美味しい」と買い食いを楽しんでいた。

途中、アイリスと鈴乃が尾行していたことを思い出して慌てて晴人たちの姿を探したりしつつも、結局はまた匂いにつられて買い食いをして……と、繰り返す。

そんなこんなしているうちに、路地裏へ入っていく晴人とイルミナにギリギリのところで気付いたエフィルが、アイリスたちに報告する。

「ハルトさんが路地裏に消えて行きました！」

「なんですって！　早く追わないと！」

「晴人くん、イルミナちゃんと路地裏で一体何をする気なの⁉」

「アイリス様、食べてないで早く追いましょう！」

四人は晴人たちを追って路地裏へ入るのだが……

「あれ？　いない……？」

鈴乃の言葉通り、そこには晴人とイルミナの姿はいなくなっていた。

通り抜けた先には大通りがあるが、少なくともここから見える範囲に晴人たちはいない。

「とりあえず行くわよ！」

アイリスの言葉に各々は頷き、路地裏を抜けて大通りへと出た。

しかしやはり、晴人とイルミナの姿は見当たらなかった。

「み、見失った……？」

「そのようですね。アイリス様が途中で食べにさえ行かなければ……」

「ちょっと、アーシャ⁉　私のせいにするの⁉」

「考えてもみてください。アイリス様がお腹が空いたなど言わなければ、見失うこともなかったのですよ？」

「うっ、た、確かに……でもアーシャだって途中からはアレが食べたいとか言っていたじゃない！」

「は、反論の余地がない、です……」

結局はどっちもどっちだと、鈴乃は苦笑する。

途中からは四人して出店での食事を楽しんでいたのだから。

「……宿に戻りましょ」

「そうですね」

「そうだね。けっこうお腹いっぱいだし」

「スズノさんと同じくお腹一杯です」

アイリスにアーシャ、鈴乃、エフィルは口々にそう言って、宿へ戻ることにしたのだった。

第17話　出立

アイリスたちを撒いた俺とイルミナは、アクセサリー店にいた。

イルミナを見た店員は一瞬驚いていたが、その次に俺を見て、どこか納得したような表情になっていた。

「神都を悪魔の手から救っていただきありがとうございます」と頭を下げてくる店員に「気にしないでくれ」と返しつつ、俺たちは店内を見て回る。

「イルミナはどんなのが好みなんだ？」

俺の質問に、イルミナは「そうですね」と口元に人差し指を当てながらも答える。

「私は派手なものよりも、シンプルで可愛い感じのものが好きですね」

「やっぱり派手だと嫌か？」

「嫌というほどではないのですが、こう、大金持ちですよ感があって……」

ああ、気持ちはわかるな。

「イルミナもそうなのか」

「も、ということはハルトさんも？」

イルミナの言葉に頷く。

「ああ。俺もこう、ゴツゴツギラギラしたアクセサリーは嫌いだな」

「男の人でもそうなのですか？」

イルミナの言葉に俺は迷わずに頷いた。

個人的な感覚だが、あんまりいいイメージがないんだよな。

「よかったです、私もこういったギラギラするアクセサリーは苦手でして、ハルトさんからのプレゼントなら嬉しいのですが、身に着けるとなると、困っちゃうところでした」

笑みを浮かべてそう告げるイルミナ。

俺、この笑顔を守るためだったら、一生ゴツゴツしたアクセサリーは着けない気がする、というか着けないって決めた！

そんなことを思っていると、イルミナが遠慮がちに口を開く。

「ハルトさん」

「どうした？」

「その、どのアクセサリーがいいか、選んでくれませんか？」

期待するような眼差しで俺を見つめるイルミナ。

身長差から自然と上目遣いになるイルミナを見て、俺は即答した。

「もちろんだ！」

「ありがとうございます！」

少し気合の入った返事になってしまったが、イルミナが喜んでいるのでよしとしよう。

俺は店内のアクセサリーを順番に見て回る。

そこで、一つのアクセサリーに惹《ひ》きつけられた。

草冠をイメージしたような、黄緑がかったシルバーのリングに、ピンクと黄色の小さな花が散りばめられている。

俺は早速、イルミナに見てもらう。

「イルミナ、これなんてどうだ？」

「綺麗でお洒落ですね。それにシンプルで可愛いです」

なら決定だな。

こんな清楚《せいそ》な美少女だから、似合わないはずがない。

俺は店員に「これをください」と告げた。

「こちらですね」

商品をガラスケースから取り出し、俺に見せて確認する店員。

「こうして近くで見ると綺麗だな」

「ええ、本当に」

俺とイルミナの会話を聞いて、店員が笑みを浮かべる。

「これは、ある職人が数ヶ月かけて作った傑作です。これに目を付けるとは流石は英雄です。聖女様にとてもお似合いですよ」

他の店員もその言葉に頷いている。

すぐに会計に移ったのだが、正直びっくりしてしまった。

なんと、お値段白金貨二枚。

日本円で換算すると二億円相当である。

一瞬躊躇《ためら》いかけたが、この程度の出費では、俺の懐は全く痛まない。むしろ、何かと報酬を貰ってばかりなので、こうして使う機会があったと安心したくらいだ。

……金銭感覚がおかしくなってる気がするな、気をつけなきゃ。

「そんな、こんなにも高価なものだとは……」

一方でイルミナは、あまりの価格に困惑していた。

「気にするな。お金は持っていても仕方がない。使うためにあるんだから」

そう言って俺は、収納から白金貨を取り出して支払う。

そしてそのまま、受け取ったアクセサリーをイルミナの左手の薬指へと着けてあげた。

頬を赤らめつつも、はめた指輪を顔の前に持ってきて眺めるイルミナ。

相当嬉しいのだろう、口元が緩んでいる。買ってよかったな。

「そういえば、このアクセサリーに名前とかあるのか？」

そう聞くと、店員さんが頷く。

「ございますよ、名前は『聖花の指輪』と言います」

「ありがとう」

「いえ。またのご来店、お待ちしてます」

俺とイルミナは店を出る。気が付けば昼を過ぎていた。

まだ指輪を眺めているイルミナに声をかける。

「どうする？　少し早いけど大聖堂に戻るか？」

「そうですね。私としても十分に楽しみましたし、充実した日になりました」

「そう言ってもらえてよかったよ」

俺の言葉に、イルミナはにっこりと頷く。

「指輪、ありがとうございます。大切にします」

「ああ。それと少し指輪をいいか？」

俺はイルミナの左手を取り、指輪に魔法を付与した。

淡い光が漏れるが、それはすぐに収まる。

「あの、一体何を？」

「『解毒』と『魔力自動回復』を付与《エンチャント》しておいた」

驚いた表情を浮かべるイルミナ。

「俺は付与《エンチャント》もできるんだよ。魔力自動回復は少しずつしかしないから気を付けてくれ」

「ありがとうございます！」

イルミナは心底嬉しそうに、手を握り締めるのだった。


大聖堂に戻ると、庭の片隅でガウェインと聖騎士たち、そしてクゼルが、ゼロ相手に訓練をしていた。

一体何をしているんだ？

そこへ俺とイルミナの存在に気が付いたフィーネがやってきた。

「ハルトさん、思ったより早かったですね」

「この通りな」

俺はイルミナの方を見た。

イルミナは先ほどから、指輪を見ては口元を緩ませている。

「ハルトさんからのプレゼントがよほど嬉しかったんですよ」

「そのようだ。てか、今何しているんだ？　フィーネがここにいるとはな」

「ゼロさんとクゼルさんが街に出ていたところ、ガウェインさんとバッタリ会ったらしく、それで訓練をする流れになったそうで……私も参加してたんです」

フィーネは倒れているガウェインたち聖騎士を見ている。

「私もガウェインさんと戦ってみましたが、負けてしまいました」

そう言って笑うフィーネ。

「どうだった？」

「いい線までいけたとは思いますが、まだまだですね」

ガウェインはシュバルツ相手には全く歯が立たなかったそうだが、それでも最強の聖騎士だ。それを相手にいい線までいけたとは……フィーネ、滅茶苦茶強くなっているな。

「ガウェイン聖騎士団長、大丈夫でしょうか？」

ゼロとの訓練風景を見ているイルミナの言葉に、俺は少し考えてから答える。

「大丈夫だろ……多分」

「多分、ですか」

「ゼロのことだ。手加減はしているはずだ」

それからしばらく眺めていると、訓練が終わったようでガウェインが倒れ込む。

駆け寄ってみると案の定、ボロボロになっていた。

「おい、ガウェイン。大丈夫か？」

「ハ、ハルトか？　イルミナ様とのデートはもういいのか？」

「丁度帰ってきた、イルミナを送りに来たところだ」

ガウェインが俺の横へ視線を向けると、そこには幸せそうな表情しているイルミナがいた。

「そうか。楽しそうで、よかった、よ……」

「……回復魔法、かけてやろうか？」

その言葉に「頼む」と返ってきたので、俺はその場の全員に回復魔法をかけてやる。

するとガウェインは、俺の手を借りつつ、立ち上がった。

「ありがとう、助かったよ」

「それで？　ゼロの相手はどうだった？」

「いや、強すぎる……」

ガウェインの言葉に、他の聖騎士たちも頷いている。ちなみにクゼルは満足げな様子で、今はフィーネやイルミナと話していた。

「フィーネとクゼルとも戦ったんだろ？」

「ああ、戦ったが……二人とも強くないか？　けっこう苦戦したんだが？」

「それは嬉しいな。そのままボコボコにされればよかったと思うけどな」

「おい、少しは人を労わってくれ」

「何言ってんだ、仲間を贔屓《ひいき》するに決まっているだろ？」

「それもそうか……それにしても、ゼロ殿、いや師匠には、私たち聖騎士が束になっても敵わない。あれで冒険者や騎士ではなく執事を名乗ってるんだから、全く笑えない冗談だよ」

ん？　師匠……？

「ガウェイン、師匠って？」

俺が不思議そうにしていると、すぐに説明してくれる。

「いや実はな、手合わせしているうちに、学ぶべきことがあまりにも多いことに気付いてな。思わず師匠と呼ばせてくれないかと頼んでしまったのだ」

そんなことを言うガウェインの背後に、ゼロが立つ。

「ハルト様、おかえりなさいませ。なかなかいい運動ができました──さて、ガウェイン。次会う時までにはもう少し強くなっていてくださいい。皆さんもですよ？」

ゼロの言葉に「はいっ！」と返事をするガウェイン含む聖騎士たち。

それでいいのかと思うが、まあ本人たちの自由なので別に問題ないだろう。

そうこうしているうちに、俺たちが帰ってきたという話が耳に入ったのだろう、リーベルトさんがやってきた。

どうやら、俺たちが出かけている間に、次の枢機卿が決まり、また人事の見直しなどがあったようだ。

今度はしっかり選んだそうだから、今回の件みたいな心配はないんだとか。

とはいっても、油断はよくない……みたいな話をしているうちに、日が暮れ始めたので、俺たちは宿に戻ることにした。

宿に戻ると、アイリスたち四人が楽しそうに話しているのが目に入る。

「ハルト、もう戻ったのね！」

アイリスが何事もなかったように声をかけてきたので、俺はジト目を向ける。

「一つ聞くが、お前たちは今日何をしていた？」

その言葉に目を逸らすアイリスと、冷や汗を流すアーシャに鈴乃、エフィル。

「な、何も？」

「そ、そうだよ。四人で遊んでたよ？」

「鈴乃さんの言う通りです！」

「私もアイリスさんたちと一緒に」

アイリス、鈴乃、アーシャ、エフィルがそう答えるが、視線が彷徨《さまよ》ってる。

「お前ら、何をしていたか知っているんだからな？　俺の気配察知から逃げられると思うなよ？」

「「「「ごめんなさぁ～～い!!」」」」

四人の謝罪の声が、夕方の宿に響くのだった。


そして翌日。

俺たちは神都の北門にやってきていた。

次の目的地であるガルジオ帝国の首都までは、この北門を出て進むこと二週間ほどらしい。

そんな北門の前には、多くの人たちが見送りに来てくれていた。

ガウェインを含めた聖騎士たちに教皇であるリーベルトさん。

そして俺の婚約者となったイルミナである。

まずガウェインが進み出てくる。

「ハルト。今回は助かった。お前がいなければ、神都どころかこの国が終わっていたかもしれない」

「そんなこと言うなよ、ガウェイン。お前たち聖騎士の努力のお陰で、俺が間に合ったんだ。誇ってくれ」

「……ありがとう。ハルトにそう言ってもらえたんだ、死んでいった者たちも、これで浮かばれるよ。彼らのお陰でつないだこの命、国のために果たすとしよう」

次に口を開いたのはリーベルトさんだった。

「ハルトさん。この度は助かりました。神都を救っていただいたというのに、私たちはあなたに満足なお礼が何もできていません……」

「そう言うな。別に報酬がほしくてやったわけじゃないんだ……それに、イルミナと出会えただけで俺は満足だよ」

俺はそう言って、近くにいたイルミナの頭に手を置いた。

「ハ、ハルトさん⁉」

当の本人は、突然の俺の行動に顔を真っ赤にしている。

俺の言葉に、リーベルトさんは笑みを浮かべた。

「不幸にしたり、悲しませたりしたら許しませんよ？」

「それは教皇としてか？　違うだろ？」

リーベルトさんは俺の言葉に、口元に笑みを作る。

「ええ、一人の父親としてです」

その答えに、俺は笑みを浮かべる。

「任せてほしい。絶対に幸せにする」

「あなたほど頼もしい人はいませんね」

そう言ってリーベルトさんは再び笑った。

「それじゃあ行くよ」

出発しようとした瞬間、イルミナに袖を掴まれた。

「は、ハルトさん！」

「どうした？」

「そ、その……頭にゴミが」

「本当か？」

気付かなかった。

「取りますから、少し屈んでください」

言われるがままに取れやすいように屈む。

「イルミナ――」

取れたか？　と聞こうとした瞬間、柔らかい感触が頬に伝わり、チュッという可愛らしい音も聞こえた。

フィーネたちが「あっ！」という声を出し、俺は慌てて顔を上げる。

するとイルミナは、今まで以上に顔を真っ赤にしていた。

「そ、その、これはお守り代わりですから‼」

イルミナはそう言って抱き着いてくると、俺の胸元に顔を埋《うず》める。

「約束、してください」

ぽつりと小さく呟かれたその言葉に、イルミナの頭を撫でながら答える。

「ああ、また戻ってくる」

「絶対ですよ？」

上目遣いでそう告げてくるイルミナ。

「絶対にだ」

「……わかりました。気を付けてくださ――いえ、ハルトさんにこの言葉は必要ないですね」

イルミナはそう言って一息つくと、満面の笑みを浮かべた。

「旅を楽しんできてください。私はハルトさんのお帰りをお待ちしていますね」

「ああ、存分に楽しんでくるよ。土産話に期待していてくれ」

「はい！」

イルミナは俺から離れて、リーベルトさんの隣に立ち、俺たちを見送る。

俺は見ていたフィーネたちの方に振り向き、声をかける。

「さあ、行こうか！」

俺たちは馬車に乗り込み、神都を出発した。

次の目的地は、これまで全くかかわりのなかった国、ガルジオ帝国。

まだ見ぬ新たな国に何があるのか、俺は心を弾ませるのだった。

月が導く異世界道中
Tsukiga Michibiku Isekai Dochu
あずみ圭
Azumi Kei
1～16
8.5
TVアニメ化！
2021年7月7日放送開始！
TOKYO MX・MBS・BS日テレほか
CV 深澄 真：花江夏樹
巴：佐倉綾音 澪：鬼頭明里
監督：石平信司 アニメーション制作：C2C
レシート応募プレゼント
キャンペーン実施中!!
2021年6月4日～2021年9月30日まで
詳しくはこちら
各定価：1320円（10%税込）
Illustration：マツモトミツアキ
～16巻好評発売中!!
漫画：木野コトラ
●各定価：748円（10%税込）●B6判
コミックス1～9巻好評発売中!!

超貴族主義の国で奴隷のように働かされていた鑑定士の青年、アルト。毎日の重いノルマによって過労死寸前になっていた彼はある日、職場で出くわした敵国の軍人に才能を認められ、亡命してくるよう勧めてもらった。人生をやり直すチャンスと思い、亡命を決意するアルト。めでたく新天地でスローライフを送るかと思いきや……あれよあれよと言う間に、アルト自身も軍属となってしまう。しかも彼は成り行きで将軍候補生となり、落ちこぼれの少女達の上司となることに!? アルトは万能鑑定スキルを駆使して彼女達の眠れる素質を開花させ、一流の軍人へと育成していく——!

◉定価：1320円（10%税込）　ISBN 978-4-434-29000-8　◉illustration：桶乃かもく

この作品に対する皆様のご意見・ご感想をお待ちしております。

おハガキ・お手紙は以下の宛先にお送りください。

【宛先】

〒150-6008 東京都渋谷区恵比寿4-20-3 恵比寿ガーデンプレイスタワー 8F
（株）アルファポリス　書籍感想係

メールフォームでのご意見・ご感想は右のＱＲコードから、
あるいは以下のワードで検索をかけてください。

アルファポリス　書籍の感想　検索

ご感想はこちらから

本書は Web サイト「アルファポリス」（https://www.alphapolis.co.jp/）に投稿されたものを、改稿・改題のうえ、書籍化したものです。

異世界召喚《いせかいしょうかん》されたら無能《むのう》と言《い》われ追《お》い出《だ》されました。5

～この世界《せかい》は俺《おれ》にとってイージーモードでした～

ＷＩＮＧ（うぃんぐ）

2021年 6月 30日初版発行

編集－村上達哉・宮坂剛
編集長－太田鉄平
発行者－梶本雄介
発行所－株式会社アルファポリス
〒150-6008 東京都渋谷区恵比寿4-20-3 恵比寿ガーデンプレイスタワー8F
TEL 03-6277-1601（営業） 03-6277-1602（編集）
URL https://www.alphapolis.co.jp/
発売元－株式会社星雲社（共同出版社・流通責任出版社）
〒112-0005 東京都文京区水道1-3-30
TEL 03-3868-3275
装丁・本文イラスト－クロサワテツ（http://www.fatqueen.info/）
装丁デザイン－AFTERGLOW
印刷－図書印刷株式会社

価格はカバーに表示されてあります。

落丁乱丁の場合はアルファポリスまでご連絡ください。

送料は小社負担でお取り替えします。


ISBN978-4-434-29002-2 C0093